Un gringo
y un ruso
y un latino en
Nueva York

Roberto Quesada

¿Quién es más digno de compasión, un escritor limitado y amordazado por la policía o uno que vive en perfecta libertad y que no tiene nada más que decir?

—*Kurt Vonnegut*

Manhattan, New York, 1999

Ésta es una historia amargamente americana. Cuando digo americana me refiero al humor del absurdo en la literatura estadounidense y a lo mágico y lo fantástico en la de América Latina. Seguramente es una novela que bajo ninguna circunstancia leería un europeo; quién sabe, también existen europeos excepcionales.

Aunque la novela comienza un primero de marzo, no puede avanzar sin retroceder (no obstante que odio el pasado), pues, como es bien sabido, uno no se amarga así por así sin que existan antecedentes.

Volveremos atrás, no tan atrás, digamos, a mi infancia.

De momento nos quedaremos aquí, en el presente, para irnos más o menos adentrando en la bendita historia del maldito centavo. Porque es solamente eso: la historia de un centavo.

Los escritores, los que en verdad somos, puede que estemos locos, pero eso no significa que andemos como locos escribiendo todo lo que nos sucede, nos cuentan o pasa alrededor nuestro. No, un escritor que se precie de serlo, hasta para plagiar o saquear a otro es selecto. Ésa es una de las razones por las que intentaré escribir lo más mal que pueda esta novela, como una protección de los asaltantes de la palabra. La otra razón es un ruso.

No escribía en el papel desde hacía mucho tiempo, pero sí en el cerebro. Allí venía desde hace años armando, dando forma, puliendo, teniendo listo casi todo para cuando ese momento inexplicable llegara a gritarme: «¡*Escribe, idiota!*».

Mientras la materia en bruto de la novela se derretía en mi cerebro y creaba una y otra situación, mil imágenes, un constante construirse y desconstruirse, en la otra vida, en la de ciudadano de a pie, ocurrían cosas de las que es difícil desligarse. Una de ellas era aquel ruso. Me lo presentó un viejo amigo y vecino de Manhattan. El error al presentármelo fue que le dijera que yo era escritor, desde ese día el ruso no paró de asediarme, me aseguraba que si yo escribía una novela sobre su vida tendría un éxito impensable. Nada nuevo, a todos los escritores les sucede lo mismo. Me prometí que no escribiría sobre él, aun cuando el grito de *¡escribe...!* me atravesaba la vida.

Existía otra posibilidad, la que se me presentó inesperadamente. Leía un reportaje sobre un huracán que recientemente había arrasado con mi país, me dolía, pero no me interesaba, ni me interesa, como material literario. El reportaje hablaba acerca de una pequeña ciudad, El Progreso, que se había inundado ocultando las casas, el reportero llegó en medio del lodo, cuando ya las aguas regresaban a su cauce. Vio los daños que produjo y no le pareció mala idea entrevistar a un muchacho que a la orilla de una acera lijaba un pedazo de madera. La tristeza del muchacho contagiaba. El reportero se acercó y le preguntó si había perdido familiares, que si lo había perdido todo, lo cual se le reflejaba en el rostro. «No», le había contestado el muchacho «no perdí a nadie ni nada, pero estoy triste porque creíamos que el negocio iba a estar bueno, pero a pesar de que el agua lo inundó todo, sólo se murieron ocho aquí en El Progreso, y mi papá es el dueño de esta funeraria».

Sin duda que esa respuesta en medio de la tragedia no era sino literatura, agregando a ello que tenía una ventaja tremenda al escribir sobre aquella inundación, nadie podría criticarme de falta de profundidad. Deseché la historia porque he criticado a quienes aprovechan las tragedias para salir con su librito como si lo escribieran en el centro de la misma.

Esta novela, deliberadamente imperfecta, evitará, en la medida de lo posible, hablar del huracán y del ruso. La idea es cómo internarme en una historia puramente ficticia sin que aparezca por allí mi diario vivir. Soy un escritor no un prisionero de una biblioteca. No quiero quedar como Borges, esto lo explicaré más adelante, lamentándome, al final del camino, por no haber vivido. Me gusta la vida que está allí afuera: conversar con mis vecinos, bailar, visitar restaurantes, hacer el amor, y todo lo que es la vida de afuera, así como también me gusta la otra vida, la de adentro, esta que comienza a nacer y crecerá en la medida en que estos renglones vayan desenrollándose.

Así es, para mí la novela es un rollo, el escritor es quien descubre dónde está la punta del hilo y comienza a desenrollarla y a darle dirección. El secreto es cómo lograr que ese hilo, que es muy peligroso, no se enrede en uno mismo y termine asfixiándolo. Aprendí esto de un amigo que, sin ser astronauta, se fue al espacio. En un momento de la poca lucidez que le quedaba me explicó cómo se había ido. En una profunda decepción compró un kilo de marihuana. Él estaba contemplándola cuando vio que la hierba se estiraba en un hilo muy fino. Miró cómo cada vez se estiraba más y se iba hacia el espacio. Trató, pero no supo cómo detener la punta, ya estaba lejos de su alcance. No le quedó sino esperar a que terminara para pescar el otro extremo. Lo hizo, pero no le funcionó: ésa era la punta del final no la del comienzo, la única capaz de lograr que la marihuana volviera a su sitio. Entonces optó por caminar por el hilo en busca del principio, se fue caminando, de vez en cuando veía hacia abajo cómo se empequeñecían los edificios, las casas, los autos, la gente.

Esa es más o menos mi situación, pero con mi vida. Hoy, este primero de marzo, con la musa lejos de mí o quizá muy cerca, pero envejecida, mientras miraba el noticiero, me di cuenta de que justo ese día había llegado al extremo equivocado de la madeja. Ahora no me queda sino dar marcha atrás y si aún tengo fuerzas regresar hasta este primero de marzo, quizá ya moribundo, pero, al menos, con la conciencia casi tranquila por haber descubierto en dónde estuvieron los errores.

La Lima, Honduras, 1960

Ella le miró la plaquita en el pecho izquierdo, *Eulalio,* leyó. Y le vinieron incontenibles risitas que llegaron hasta él.

—¿Pasa algo? —le preguntó.

Ella negó con la cabeza, él se acomodó el corbatín, se revisó la camisa, y se vio el rostro en un pequeño espejo. A ella le faltó poder para que la risa no se fugara:

—No, nada —le dijo en medio de la risa—, es que con ese nombrecito no vas a llegar muy lejos.

Eulalio se miró el *Eulalio.* Sonrió sonrojado:

—En verdad tengo otro nombre y dos apellidos, sucede que aquí hay alguien que se encarga de seleccionar el que se supone es más apropiado para que la clientela se sienta atendida como por la familia. ¿En qué puedo ayudarle?

La muchacha extrajo de su bolso colegial una cajita de madera, la abrió y dejó que las monedas resbalaran lentamente en el mostrador.

—Son veinte lempiras, quisiera que me lo cambiara por un solo billete. Tengo meses de estar ahorrando para llegar a esta cifra. Voy a ir a la ciudad y no puedo ir cargando este montón de monedas.

El las separó para facilitar el conteo. Comenzó con las de más valor.

—Es bonito trabajar en un banco, ¿verdad?

Él se equivocó. Ella pidió disculpas. El miró a través de ella, se alegró al constatar que era la única clienta en ese momento.

—Sí. Es bonito si le gusta. A mí me fascina.

11

—Ha de dar la sensación de que uno tiene mucho dinero.

—No, todo lo contrario. Una de las cosas más difíciles es ésa. Superar la depresión que da contar tanto dinero, ver las cantidades que depositan o sacan algunos. Y uno tal vez con muchos problemas. Realmente cuesta, hasta que llega el día en que te acostumbrás a que el dinero no es tuyo.

—¿Cuál es su otro nombre?

—Bueno, tengo un apellido respetable: Fernández. ¿Y usted como se llama?

—¿Y por qué no pide que le quiten el Eulalio y le dejen el Fernández nada más? Yo me llamo Alejandra.

—Es muy bonito —le dijo sin quitarle los ojos de encima. Hizo sonar las monedas y recomenzó el conteo.

Ella se concentró en la plaquita *Eulalio,* y buscó alternativas para sustituirlo por otro familiar, pero no tan ridículo, porque eso era, a ella Eulalio le sonaba fatal. Pensó en que debía dejarlo nada más en Lalo o llamarle simplemente por su apellido, Fernández, o si era muy extenso abreviarlo en Fernán. «Sí», se dijo «Fernán suena bonito, es breve y familiar, además va con lo guapo que es».

—No son veinte —le interrumpió Fernández el pensamiento—, falta un centavo para completar los veinte lempiras.

Alejandra buscó en cada recoveco de su bolso colegial:

—¡No sé qué pasó! Lo conté tres veces y estaba completo.

Intercambiaron mirada de preocupación.

—Déjeme consultar —dijo Fernández bajando la voz—el gerente es tan estricto que me arma tremendo problema si al final del día las cuentas no cuadran. Y yo no se lo pongo del mío porque no tengo ni un centavo en el bolsillo. No nos permiten llegar hasta aquí con algo, todo lo dejamos en una gaveta a la entrada y lo recogemos cuando salimos.

Fernández abrió una puertecita y salió del mostrador, pasó cerca de ella y le guiñó un ojo como dándole y dándose confianza, cruzó una puerta y ella ya no pudo verlo, pero antes tuvo la oportunidad de apreciar las grandes campanas del pantalón de Fernández al estilo Elvis Presley.

Fernández reapareció y no necesitaba decir nada, su expresión hablaba.

—Ni modo —dijo ella avergonzada, casi al borde de las lágrimas.

—Es un miserable —se quejó Fernández con voz que apenas podía ser escuchada—, argumenta lo de siempre, que las matemáticas son exactas. Le dije que si yo podía prestárselo, y me miró acusadoramente. Como si yo tuviera algún dinero que pudiera esconder en algún sitio para llevármelo a la salida. Lo siento.

Alejandra se sentía doblemente humillada, por ella y por la impotencia que se denotaba en él. Deprisa echó las monedas en la cajita de madera, luego la cajita al bolso colegial y salió apenas despidiéndose.

En la calle no pudo contener el llanto. Un hombre mayor se le acercó:

—¡Pero niña! ¿De qué lloras? ¿Qué te pasa?

Alejandra por toda respuesta dio un *nada* repetido. Ante la insistencia del señor, en pocas palabras le contó lo sucedido. El señor rió, para después murmurar: «¡Tanto problema por un centavo!». Y extrajo de su billetera un lempira y se lo dio. Ella dudó por un momento, pero los ojos y las canas del señor le recordaron a su abuelo. Algo le dijo que no debía temer. El señor siguió su ruta sonriendo y negando con la cabeza.

Alejandra regresó al banco. Fernández atendía un cliente. De otra ventanilla le dijeron que pasara, ella negó y con la vista les dio a entender que esperaría a que Fernández se desocupara.

—Siguiente —llamó Fernández sorprendido.

Alejandra sonreía:

—No seré bruta. Se me había olvidado que tenía un lempira en la bolsa de la blusa, hasta que estaba en la calle...

—Qué bien —la interrumpió Fernández—. El cliente que se acaba de ir me conoce muy bien y nos hemos hecho amigos.

Le pedí que me prestara un centavo y se ha reído. Creyó que bromeaba. Le insistí y vio que era en serio. Me regaló el centavo y me aconsejó que no agotara a mis amistades pidiéndole cantidades tan pequeñas.

—Gracias. Aunque ya no es necesario.

—Sí, es necesario. Devuelva el lempira a quien se lo prestó. Así no estará endeudada.

—No, es en serio, no quiero su centavo, guárdelo por si alguien tiene un problema.

Fernández no tuvo más que obedecer ante el tono autoritario de ella. Le entregó el billete de a veinte. Contaba los noventa y nueve centavos.

—Los nueve démelos en monedas de un centavo.

Él la miró sorprendido, encogiendo los hombros.

—Muchas gracias, de verdad que estoy agradecida —y se alejó.

Él quiso decirle vuelva o algo más, pero lo del centavo lo tenía aún avergonzado. La miró de espaldas, quizá por estarle imaginando el cuerpo fue que no se percató de que no se dirigía a la puerta de salida sino a la del gerente. Cuando se enteró ya era tarde, Alejandra abrió sin antes llamar. El gerente, en su escritorio, metido en un arsenal de cuadritos y números, levantó la cabeza y la miró por encima de los anteojos. Ella desde allí se veía más alta de lo que en verdad era, y desde allí lo veía reducido, quizá como en realidad era. Le lanzó los nueve centavos en el escritorio y le dijo:

—Cuádrelos. Busque la razón por la que le sobran.

Dio media vuelta, un portazo, una sonrisa para un asustado Fernández y dejó que la calle se la llevara.

14

Manhattan, 1997

Llamaron a mi puerta, cosa extraña en Nueva York. Esto sólo pueden hacerlo vecinos de mucha confianza o la policía. Era el viejo Charlie:

—¡Qué suerte que aún estás vivo! Ya iba a reportar a la policía para que vinieran a recoger tu cadáver.

Charlie pasó como lo hacía siempre, sin esperar a que se le invitara. Se sentó en cualquier sitio.

—Tienes que salir de vez en cuando, que los vecinos te vean. Se preocupan porque nunca te ven, pero saben que algo está ocurriendo aquí adentro.

—Estoy escribiendo.

—Yo no escucho ruido de la computadora. Me he acercado por la ventana y he puesto la oreja en la puerta y no se escucha nada.

Sonreí:

—Es que la gente no entiende lo que es un escritor. A veces escribo sentado, acostado, caminando. No tengo que tener una computadora, un bolígrafo, uno escribe en el pensamiento.

Charlie rió, incrédulo:

—No se puede, luego se te olvida.

—¿Cómo explicarte? No se olvida porque cuando haces un trabajo que te gusta en el cerebro es como que quedara grabado. No puede olvidarse.

—Si tuvieras algo grabado estarías escribiendo. Tu grabadora ya no sirve. Los vecinos creen que estás enfermo... ¿Entiendes?

—¿Loco?

Charlie bajó la mirada:

—Uhu... Sí.

Le indiqué que se levantara y me siguiera. Nos acercamos al escritorio, le mostré apuntes, dibujos, fechas mientras le explicaba:

—Va a ser una bonita historia. Ella se llama Alejandra y él, Eulalio Fernández.

—¿Lelulalio? Es feo ese nombre. Ahora a la gente no le gusta leer novelas con nombres feos o enredados.

Me causó gracia su sinceridad:

—Es E-u-la-li-o, pero no importa. Se llamará solamente Fernández. A Alejandra tampoco le gustó lo de Eulalio.

Se retiró un poco:

—¿A Alejandra no le gustó? Debes salir a tomar aire fresco. Este encierro te está haciendo daño. A quien no tiene que gustarle es a ti, tú eres quien decide cómo se llamará.

Perdería mi tiempo tratando de explicarle. No dije nada y él volvió a sentarse. Revisó mi biblioteca, los objetos en mi escritorio, dejó los ojos en la foto de mi hijo.

—Pronto va a venir —le dije—, en sus vacaciones voy a traerlo para que paseemos por todo Nueva York.

Él estaba alegremente interesado:

—¿Habla inglés?

—Of course —sonreí orgulloso—, niños de la nueva generación, por lo menos tienen que ser bilingües. El viejo se animó:

—Lo voy a llevar a la montaña, es precioso. Vamos a ir, ¿cuándo viene?

—Todavía falta.

Revisó una vez más el estudio:

—Tienes que arreglar, poner en orden todos esos libros, pintar, reparar esa ventana, pasar la aspiradora por la alfombra

16

—hizo una pausa—, y tienes que escribir, pero no en la grabadora sino allí —señaló la computadora—, para que tu hijo esté orgulloso. Tienes que imprimir y mostrarle el papel para que vea que papá está trabajando. Él no va a entender eso de que allí en el cerebro navega un libro —se rió.

Sus palabras me trajeron la paz que me da recordar a mi hijo. Pensé que tenía razón Charlie, se escribe siempre por alguien y yo lo había hecho casi siempre por mi hijo.

—Hoy estuve con Víctor —dijo lentamente—, él sigue ilusionado de que vas a escribir su vida.

De la paz pasé al casi enojo:

—¡Me molesta ese ruso! No me gusta que nadie me diga lo que voy a escribir. Odio ese momento cuando alguien me dice si le contara mi vida, ¡carajo! ¿Si tan interesante es por qué no escriben sus biografías? No soy biógrafo de nadie, ni siquiera de mí mismo. Todo lo que escribo no es cierto. Es pura ficción, ¿cuándo lo va a entender de una vez el ruso ese? Además, ¿a quién le interesa un ruso en Nueva York? Ni a los mismos rusos.

Charlie me conocía bastante, mucho más de lo que yo suponía. Lanzó una provocación:

—Depende de quién o cómo lo escriba.

—Voy a tratar —cuando le dije esto el viejo sonrió complacido—, pero será después de que escriba mi novela sobre Alejandra y Fernández. Eso sí, no respondo si el ruso me sale como idiota o algo parecido.

—A Víctor no le interesa cómo lo quieras pintar tú, él lo que desea es que la gente lea su vida.

Charlie se dirigió a la puerta, antes de cerrarla, a manera de despedida, dijo:

—Escribe en el papel.

La Lima, 1960

Con ése eran ya nueve los días en que Fernández, a las tres de la tarde, cuando cerraban el banco, salía desesperado a apostarse cerca del Instituto Patria. No era sólo él, un grupo de hombres, en estratégicas posiciones, vigilaban la salida, bien esperando a su enamorada o a sus novias. Algunos de los pretendientes estiraban los cuellos como tortugas tratando de alcanzar lo imposible, otros, por su estatura, simulaban jirafas mirando hacia abajo, a un lado y otro, buscando la muchacha de sus sueños.

Fernández se empinaba parado en la raíz brotada de un árbol, apoyándose en él mismo, como un antiguo marinero buscando América. La multitud de muchachas con sus uniformes, movimientos, risas, lo hacían confundirse como en un mar picado.

—¿A quién busca? —le preguntó la voz que ya conocía y él se resbaló de la raíz y poco le faltó para caerse—, un perito mercantil no debería andar subiendo árboles para vigilar a las muchachas.

—No usés el plural, que sólo busco a una.

—¿Y quién le dio permiso de vosearme?

—No, no —titubeó—,es que somos jóvenes, si nos hubiéramos conocido afuera...

—Ya —interrumpió ella—, el idiota del gerente les pone los nombres más ridículos para que suenen familiares y les obliga a tratar a todo el mundo, hasta los perros que llegan al banco, de usted... Según él con eso basta para el respeto.

Fernández sonrió con timidez:

—No hablemos de eso, te vine a buscar para que nos conozcamos más.

Desde aquel día que te conocí he estado pensando en vos y... ya tengo varios días de venir a buscarte. Creí que no te encontraría, que quizá estudiabas en la jornada de la mañana, cuando yo estoy trabajando.

Desde ese día aquella raíz se convirtió en el cuartel general del almirante Fernández. Allí esperaba a Alejandra mientras con un cortaúñas tallaba en el árbol el corazón atravesado con la flecha más las iniciales *A &c F* que se habían popularizado a los comienzos de los sesenta. Aunque La Lima era un pequeño pueblo, él se sentía un poco más universal porque su primo, que vivía en los Estados Unidos, le enviaba calcomanías de *Peace and Love,* cassettes, revistas y todo cuánto podía.

Uno de esos días, un viernes, último día de la semana en que se encontraban porque los padres no dejaban a Alejandra tener novio, aún no había cumplido los diez y ocho, para lo que faltaban pocos meses, Fernández le dijo:

—Te invito a que vayamos al cine, a San Pedro Sula, el domingo.

Ella, boquiabierta, no podía creérselo. Una invitación a la ciudad de San Pedro Sula, a unos cuantos kilómetros de La Lima, era el equivalente a que a una pueblerina de Sincé, Colombia, la invitaran a Barranquilla. Era ir de extremo a extremo, recorrer el alfa y omega del universo.

Tratando de disimular la turbación:

—Es imposible— le contestó Alejandra—, no estamos
por nada de este mundo mis padres me dejarían. Además, el

domingo voy a misa.

—Dios no se va a enojar porque no vayas un domingo.

—¿No creés en Dios?

Fernández entendió que la respuesta podía costarle su romance:

—¡Claro que sí! Pues porque creo en Dios es que sé que él no se enoja si no vas a misa el domingo. Sólo vamos a ir al cine, nos vamos por la mañana y regresamos por la tarde.

Ella pensó en San Pedro:

—Sí, hay gente que no todos los domingos va a la iglesia y Dios no se enoja. De todos modos él no lo castiga a uno aquí sino hasta que uno se muere, pero mis padres me castigan aquí si me voy sin permiso. Y permiso desde ya te aseguro que no me lo dan.

—Podemos inventar algo —se sonrió él.

—¿Algo? ¿Qué puede justificar que yo vaya a San Pedro Sula?

Mientras se retiraban del árbol y dejaban atrás el corazón medio garabateado que aún no le salía a Fernández, ella lo retó:

—¿Y entonces, el invento?

Él se detuvo y le acarició el cabello:

—Soy amigo de tu profesor de Historia. Le puedo pedir que invente algo, una excursión a San Pedro a conocer alguna cosa histórica de las que hay allí.

Ella se alegró:

—¿De verdad creés que él acepte?

—Sí, sí acepta.

—¿Por qué estás tan seguro?

—Porque él tiene el mismo problema mío, no puede verse con su novia el fin de semana.

—¿Novia?

—Sí, somos casi de la misma edad...

—¿Cuántos años tenés?

No contestó de inmediato, le revisó de pie a cabeza los diecisiete años de ella:

—Veinticinco —pronunció rápidamente como sintiéndose culpable.

Ella quedó ida en las palabras que escuchó, como si le hubiese hablado en hebreo o árabe. Así estuvo perpleja como una analfabeta frente a jeroglíficos mayas:

—Me llevás ocho años.

La culpa de él se extendía, lo cubría todo, en su interior comenzaba a maldecirse por no haberle mentido.

—Y... —dijo ella—, ¿cuántas novias has tenido?

La Lima era un pueblo demasiado pequeño para esa culpa que en él se agrandaba cada vez más:

—En serio ninguna, sólo vos. Sólo vos sos en serio, lo demás ha sido pasajero. Soy hombre y...

—Ya —lo calló ella—, mi padre le lleva diez años a mi mamá. A lo mejor vos estás muy joven para mí.

Sí, quería morirse de la risa. La culpa se había disipado con esas pocas palabras. Desde todo punto de vista era mejor convencer a alguien de que uno no está muy joven para tal cosa, a intentar persuadir a alguien que está convencido de la vejez de otro que en realidad aún está joven.

—Te quiero —le dijo él—, en todo caso sólo son dos años menos.

—Sí —asintió ella—, no es mucho.

—¿Querés que intente lo de la excursión a San Pedro?

—Sí, si es como parte de la clase, seguro que me dejan ir.

—Sí, al fin y al cabo sólo vamos a ver una película, y yo creo que eso no es pecado. Ella rió:

—No, no lo es.

Manhattan, 1997

En verdad era simpático: gordo, bigote abundante, un diente de oro, mirar constante a un lado y otro como niño que no quiere que nadie le robe la atención de los padres. Llevaba una camiseta que apenas le cubría el ombligo, demasiado pequeña para ocultar la rueda de grasa blanca, que me recordó la panza de los cerdos después de que se les raspan las cerdas y queda listo para tajadearlo y formar lo que serán los chicharrones. Me sonreía satisfecho, volvía la mirada a Charlie agradeciéndole en silencio por haber logrado esa cita conmigo.

Los dos esperaban a que yo hablara. Ni uno ni otro, al parecer, tenían ni vaga idea de lo que es un escritor. A mí, sinceramente, me daba más la impresión de haberme convertido, de golpe, en dentista. El silencio y las miradas eran propias de esta profesión o podría compararse también con la visita a los abogados. Era mi deber romper la tensión dominante, pero sin ser dentista o abogado se me quitaba la posibilidad de decirle a Charlie que me dejara a solas con el paciente. De todas maneras, era eso lo que parecía el ruso, un cliente vitalicio de un psiquiatra.

Víctor, el ruso, esperaba no sé qué cosa de mí. Esa actitud me atormentaba: ¿Qué se creía, que yo era un reportero o un entrevistador? En todo caso hubiese preferido que hablara de lo que quisiera e, incluso, que me contara su vida, ya sabría yo si escucharla o no. La mirada inquisidora y ese pequeño sol que parpadeaba en uno de sus dientes me descontrolaba de tal forma que no sabía qué hacer. Tal vez por ello Charlie, viejo aprendiz de la escuela de la vida, intuyó que él estaba demás. Se levantó, pasó cerca de Víctor y le dio dos palmaditas cómplices, ya con la puerta abierta, como de costumbre, me saludó diciéndome en aceptable castellano:

—El escritor escribe...

—... en el papel —me adelanté.

A solas el ruso se mostró aún peor, el sol de su boca parecía perenne. Para quitarle esa sonrisa que me estaba incendiando la vida, le dije:

—¿Un vodka?

Coloqué dos vasos y una botella aún sellada en la mesita, le indiqué que la destapara. Me sirvió un trago que caía como una interminable cascada, tuve que agarrarle la muñeca para que se detuviera, apenas me dejó espacio para la soda y el hielo. Él se sirvió el vodka puro hasta donde el vaso se lo permitió:

—¡Salud! —dije y di un sorbo.

—¡Salud! —respondió y la manzana de la garganta le subía y bajaba hasta que consumió la última gota. Se rió. Sin duda, con aquello me confirmaba que era ciento por ciento ruso.

—Aquí se bebe diferente —le dije temiendo que la botella me desapareciera en los siguientes cinco minutos—, la bebida se mezcla y se toma a sorbos.

Volvió a sonreír moviendo la cabeza de pelos puntiagudos, había nacido con un natural gorro de esquimal, y por fin habló:

—Lo sé —y extrajo de su morral de albañil una botella—, por eso yo siempre ando mi botella. «Menos mal», pensé.

Eliminó el vaso. Verlo beber a pico de botella me recordaba a los mexicanos que había conocido en cantinas de Guadalajara y El Tenampa de Ciudad México, pero de ninguna manera me recordó a un ruso. Hice esfuerzos por recordar cómo había visto beber a los rusos durante el mes y medio que pasé en Moscú. Se servían en vasos el vodka puro, si bien era cierto que los tragos eran grandes tampoco era verdad que se los tomaban de golpe. Tal vez en otros tiempos debió de ser como el ruso que tenía enfrente, yo había llegado cuando Gorbachov implementaba la transición, seguramente justo cuando le daba los últimos retoques a la *Perestroika,* y había decretado la ley seca. Por supuesto, la medida dentro de lo formal funcionaba, pero no en el mercado negro ni entre los bebedores, ni siquiera entre los turistas como yo, pues llegaban a las afueras del hotel a proponernos botellas de vodka por sumas irrisorias de dólares.

—Yo estuve en Rusia —le dije.

Los destellos le desaparecieron de la boca:

—¿De verdad?

—Sí, así es, estuve en Moscú y pasé unos días en Leningrado.

Todavía sin salir de la sorpresa:

—Ahora se llama San Petersburgo —me corrigió.

—Para mí se llama Leningrado porque así se llamaba cuando yo fui. Tengo que volver a ir para que para mí se llame San Petersburgo.

Noté su desacuerdo, pero no se atrevió a contradecirme. Imagino que pensó que peligraba su vida, la vida que, según él, le inmortalizaría en una novela.

Ya con su botella más abajo de la mitad no sólo le brillaba el sol del diente sino los dos luceros de los ojos. Me pareció gracioso pues agregando las puntas de los pelos amarillos disparados hacia todas partes formaba un conjunto de colores brillosos que semejaba a una carroza del carnaval del Río. Se aproximaba el momento esperado por los dos: por él para contarme sus hazañas en la antigua Rusia; y por mí para reconfirmar que no puedo narrar nada que se me obligue, por muy peculiar que la historia sea.

—¿Cómo era tu vida en Rusia?

Me contó su procedencia de unos abuelos rutinarios. La abuela aficionada a sembrarlo todo y pasarse gran parte del día en el patio de la casa en donde había construido una verdadera finca, aunque su especialidad eran los tubérculos, sobre todo, las papas. El abuelo, un comunista borracho, que les dio a leer a todos sus hijos y nietos *La madre* de Máximo Gorki, no para que aprendieran las luchas comunistas, la solidaridad de la madre en el camino ideológico que tomó Pavel, ni los riesgos y sufrimientos que padecieron para construir la Rusia obrera, sino para que no olvidaran que perfectamente el vodka podía combinarse con la paz. Un bebedor no tenía por qué pegarle a la madre, ni el hijo imitar la violencia que vio en el padre. El abuelo se ufanaba de nunca haberle faltado al respeto verbal y mucho menos físico a la abuela. La abuela, feliz, le acariciaba la cabeza al abuelo mientras él se daba tragos de vodka a pico de botella.

Desde luego, Víctor me contó aquello con una gran cantidad de detalles, pasajes divertidos para él porque yo nunca logré entenderlos. Yo no hacía sino estar atento a las expresiones de su rostro, si se ponía trágico, yo también, si algún destello se asomaba de entre sus labios, yo sonreía y cuando se le escapaba por completo el sol de la boca, entonces también yo reía muy en serio.

Era de noche, me sentía contento porque el material del ruso no le serviría al más hambriento de los escritores, y porque al darle la cita Charlie no podía quejarse, yo había hecho lo que estaba a mi alcance. Al menos él, Charlie, sabría que yo lo intenté, tal como se lo prometí.

—¿Y tú, en lo personal, ¿qué hiciste en Rusia? —pregunté algo cansado, dándole un vistazo al reloj de pared. Víctor entendió el mensaje, echó en el morral la botella casi vacía, se puso de pie:

—Estuve en el Ejército Rojo —abrió la puerta imitando a Charlie—, pero eso lo dejamos para otro día.

La Lima, 1960

Aquella raíz ya conocía a Fernández, tantas horas de espera habían hecho en ella las hormas de sus zapatos, de desearlo no necesitaba apoyarse en el tronco del árbol, tampoco necesitaba de avistar a la multitud de muchachas a la salida del Instituto Patria, pero hacerlo era como un vicio. Los enamorados, los aspirantes, los ya bien adentrados, como él, en la seguridad de que la muchacha le pertenecía, oteaban aquella multitud de faldas y blusas, era más que un rito, un deber, jirafas y tortugas competían a quien divisara primero a su uniforme.

Entre las que salían y los que esperaban existía un juego no pactado de quién divisa primero a quién. Ellos a cuello estirado y ojo avizor decepcionarían a cualquier radar de la más alta tecnología; ellas, conscientes de ello, cambiaban su habitual hora de salida, los peinados, se escondían entre sí, y se disfrutaba al avanzar al *esperador* por la espalda o por un costado inesperado. Ellos también gozaban detectando a la muchacha antes de que llegara y ubicarla, en palabras, en dónde había estado, por dónde caminó, si saludó a alguien, hasta que sabía que estaba cerca de él.

Ese día a Fernández el uniforme lo sorprendió desde arriba. Le caían bolitas de hojas en la cabeza, él se pasaba una mano sin quitar la vista del mar uniformado, fueron tantas las bolitas que decidió dar un vistazo, su sorpresa no pudo ser mayor:

—¡Alejandra! ¡Qué haces allí! ¡Cómo te atrevés!

Ella reía y continuaba lanzándole bolitas. Emprendió el descenso, el árbol tenía ramas por todas partes, lo que facilitaba

26

escalarlo a pesar de su altura. El la esperó impaciente y la ayudó a bajarse.

—¡Pero estás loca! ¿Cómo te atrevés a subirte a un árbol, sobre todo...?

Lo interrumpió besándolo:

—Eso no es nada. Me he subido a árboles de verdad, grandes como éste pero sin muchas ramas. No te olvidés que mis papas son gente que ha vivido y vive de los árboles.

Fernández le acarició la película que fueron a ver aquel único domingo que habían viajado a San Pedro Sula:

—Pero andar subiendo árboles en este estado...

—Sólo tengo tres meses —respondió acariciando la mano de él que reposaba sobre el vientre de ella—, dentro de poco se va a notar, es mejor que nos casemos cuanto antes. Ya tengo diez y ocho años y un día. Y gracias por el regalo, es un vestido divino.

—De nada, eso no es nada. Eso sí, te lo vas a poner cuando podamos estar todo el día y la noche juntos.

—Trato hecho.

—Y nunca deshecho —se rió él—. ¿Querés que hable ya con tus padres?

—No, quizá no nos van a entender y sólo me falta un mes para graduarme. ¿Qué tal si se enojan y me piden que me vaya de la casa?

—No lo van a hacer —suspiró él—, sólo falta un mes para graduarte.

—Sí —se ilusionó Alejandra—, soñé que la graduación era muy bonita y que vos estabas allí.

—Si no hablamos con tus padres no tengo posibilidad de estar en la fiesta.

—Sí, porque lo soñé. Y los sueños no son sueños sino revelaciones. A muchos de sus apóstoles Dios les habló en sueños.

Él suspiró:

—Sos demasiado religiosa y demasiado soñadora.

27

—Y vos deberías ir a misa de vez en cuando, para que Dios te hable en los sueños.

—Bueno, ¿y entonces qué? —preguntó cambiando de tema—. ¿Voy a hablar con tus padres?

—Mejor esperemos la graduación.

—En un mes más se te va a notar. Y eso puede ser peor. Mejor déjame hablar con ellos. Si te echan de la casa te vas a vivir conmigo.

—¿Y mi graduación?

—¿Es sólo un mes? Yo pago la graduación. Vos vas a seguir yendo normalmente al Instituto —dijo Fernández y le quitó un sucio al corazón flechado, una obra maestra de la escultura en donde sobresalía *A &c F.*

—Es lindo —dijo Alejandra—, ahora vas a tener que agregarle la inicial de nuestro hijo.

—¿Cómo le vamos a poner? Si es varón tiene que llamarse como el padre.

Alejandra le miró la plaquita *Eulalio:*

—Ojalá que sea niña —se sonrió.

En un impulso que asustó a Alejandra, Fernández se desprendió la plaquita, la tiró al suelo y con el tacón del zapato le dio una y otra vez hasta que *Eulalio* quedó despedazado. A ella la invadió un ataque de risa. Él la miraba sin encontrar explicación, luego comenzó a reír a la par de ella:

—Ayúdame a buscar nombre —dijo, la tomó de la mano y se dirigieron a la acostumbrada cafetería.

Les sirvieron dos Coca-Colas.

—¿Qué le vas a decir al gerente?

—Que se me perdió.

—Entonces te va a mandar a hacer otra con el mismo nombre. Mejor decile la verdad, que no te gusta ese nombre, que te sentís incómodo con él. Que se burlan de vos.

—No es cierto, la única que se ha burlado sos vos.

—La única que lo ha hecho de frente, quizá.

—¿Vos crees?

—¿No me vayas a decir que en el colegio no se burlaban de vos?

—No, porque los profesores siempre nos llamaban por el apellido, y Fernández es Fernández —dio un sorbo para que no quedara duda.

—Decile al gerente que te ponga nada más Fernán.

—Fernán, Fernán, me gusta, me suena.

—Además es tu apellido abreviado.

—Hu, Fernán, Fernán Fernández. Ése sí es un nombre. Si es varón se va a llamar Fernán Fernández.

—Hasta parece de artista —apoyó ella—, por supuesto, si es niña será María Alejandra.

—Alejandra sí, María no, ¿no hay creatividad en este país...? Todo el mundo se llama María aquí. Mejor le consultamos a tu mamá.

—Ella se llama Jacinta.

—Ni quiera Dios —se rió Fernández.

—Es verdad, mejor vamos de una vez a hablar con mis padres.

Él no le creyó:

—Estás hablando en serio.

—Muy en serio —dijo botella de Coca-Cola en mano—, salgamos de esto de una vez. Y de todos modos en el sueño todo salía bien. Ahora todo está hecho. Además, tenemos que prepararnos, consultar acerca del nombre, porque si es niña no quiero que se te ocurra bautizarla Eulalia Alejandra o Alejandra Eulalia, no nos perdonaría.

Manhattan, 1997

Aunque en un principio decidí no escribir sobre el ruso, después era yo quien esperaba a que en cualquier momento Víctor llamara a mi puerta a contarme cómo fue su paso por el Ejército Rojo. Como buen escritor no puedo desprenderme del lado humano, ese que me hacía pensar una y otra vez en la posibilidad de que Víctor, detrás de su brillante sonrisa, ocultara un pasado criminal o heroico, lo cual, en cualquiera de los dos casos, podía darme una historia aún no contada de lo que fue la guerra fría. Tampoco me interesa la guerra para realizar una novela, pero en este caso no era la guerra sino la lluvia. La lluvia de dinero en la que pudiera empaparme un ruso que hubiese cometido crímenes de guerra en Afganistán u otra parte del mundo. O tal vez había sido un espía y tenía miles de hechos no revelados: ¿qué tal si espió a Occidente, ganó mucho dinero, vendió información a ambas partes, después logró colarse para vivir en Nueva York, y, por si aún está bajo vigilancia, se hace pasar por albañil, no obstante que esté forrado de billetes?
Pensaba en cada detalle de Víctor. Aunque no era el prototipo ruso alto, su mediana estatura se complementaba con unos brazos gruesos, con esos brazos lo había visto trabajando para Charlie en la demolición de apartamentos, más que un ser humano parecía un robot. Tomaba una almádana y comenzaba a dar golpes a diestra y siniestra y las paredes no resistían la potencia de los pecosos brazos rusos. Con la intención de que despertara mi curiosidad literaria fue que Charlie me invitó unas tres veces a verlo demoler un apartamento. Era todo un espectáculo visual, no literario. Al menos no para mí, ¿qué me importaba un tipo dando almadanazos como loco? Ahora, si ese

tipo era el mismo criminal de guerra o espía e, incluso, un héroe, entonces sí esa destreza albañilera tomaba algún sentido.

Me autocriticaba de autosuficiente y arrogante, sobre todo por las tantas oportunidades que tuve de estar con el ruso y lo evité, quizá allí estaba el origen de la historia que se complementaría cuando decidiera narrarme sus peripecias en el Ejército Rojo, ¿para qué inventar la vida con palabras y mejor no contar las que ya están vividas?

Me vi forzado a tomar drásticas decisiones, no podía continuar con el relato de Alejandra y Fernández porque esa interrupción rusa me descontroló, también despertó mi inseparable superstición, ¿y si eran los dioses que me servían en bandeja de plata una maravillosa historia sobre la guerra fría para que yo la transmitiera a la humanidad para que cada vez piense más antes de dar el paso hacia la guerra? Entre tantas conjeturas hice lo que ni yo mismo hubiera creído, llamé a Charlie para preguntarle por el ruso, le dejé mensaje en su máquina y esperé impaciente a que me devolviera la llamada.

Mientras Charlie no llamaba, yo trataba de desenrollar la vida de Alejandra y Fernández, depositaba hojas tras hojas en el cesto de la basura. No podía concebir que una novela ya estructurada en mi cerebro, con años de maduración, no cayera en el papel como debía ser, como por arte de magia. Tenía todo y nada a la vez. Sabía la ruta que tomarían los personajes, había dibujado un plano para evitar cualquier flequito colgante, el lenguaje sería sencillo, sin forzarlo al barroquismo ni a lo poético, simplemente una historia de amor sin mayores pretensiones, que no competiría con el cine ni la televisión, y mucho menos con otros escritores. Yo estaba convencido de haber nacido para ser escritor, y cuando pasa eso, ¿para qué necesita uno competir? Todos los elementos eran míos, estaba seguro de salir decoroso de la historia, lástima que se atravesara el ruso a desviarme del objetivo.

Me preguntaba el porqué del castigo, ¿por no obedecer al destino en que lo más importante era hacerle caso al ruso e imprimirle su vida en el papel, o porque con Alejandra y

31

Fernández no aspiraba a mayores cosas? ¿Acaso no era César Vallejo que me había enseñado que lo más difícil en literatura era lograr la sencillez? Tal vez sí, pero cuando se hace como reto. Yo no, solamente quería ser el conducto por donde la historia de esa pareja llegara al papel, procurando, de no poderse la totalidad, el mínimo de mi intervención.

Charlie llamó:

—Te dije, ésa va a ser tu mejor novela.

«Siempre dicen lo mismo», pensé.

—Víctor está trabajando en Connecticut, regresa hasta el fin de semana.

Seguramente tenía una mansión en Connecticut, donde se escapaba para descansar luego que se agotaba de tanto hacer teatro de albañil. Eso sólo lograba distanciarme de lo que yo en verdad quería escribir. La idea de haber pescado una historia grande me aislaba de mi pequeña narración sobre un centavo. Estaba en el polo opuesto del potencial éxito económico que podría proveerme el Ejército Rojo. Sin duda, postergaría la vida de Alejandra y Fernández, con todo y que ya los sentía tan vivos y familiares, tan cerca de mí que me conmovía abandonarlos. Era una traición no darle rienda suelta a esa novela que terminaría cuando Alejandra, después de graduarse, se casa con Fernández, y como una especie de rito visitan el árbol del corazón flechado y se besan y ríen cuando Alejandra tropieza con la *E* de *Eulalio* que ya había sido relevado del pecho de Fernández por Fernán.

Así era. No me importaba lo que se pudiera pensar fuera de La Lima acerca de mi novela, no obstante que yo la hubiera escrito en mi pequeño estudio del Village, en Manhattan.

Se trataba de algo distinto al Village y la época, no tenían por qué Alejandra y Fernández preocuparse por otras cosas que no fueran los nombres de ellos mismos y de los futuros hijos, ni de si había guerras en otras partes del globo, ni conspiraciones. Era 1960 y La Lima no tenía mayor acceso a la comunicación, el destino más grande de un limeño era San Pedro Sula, pensar después de allí, en Tegucigalpa, la capital, por ejemplo, no se incluía siquiera entre las probabilidades del sueño. La corrupción no había alcanzado las dimensiones que años después azotó al país, por tanto, la delincuencia en lugares como La Lima podría decirse que se desconocía. Con todos esos elementos no se podía sino escribir una historia feliz, una historia de amor. Pero el maldito ruso, y no muchos meses después, el no menos maldito huracán, en aquel 1998, se aliaban para que yo me olvidara de La Lima.

La Lima. La Lima, 1960

Alejandra se detuvo unas esquinas antes de llegar a su casa:
—Mejor no —dijo.
A Fernández le costó detenerse:
—¿Y ese cambio tan repentino?
Alejandra bajó la vista:
—¿Y si se enojan y no me gradúo?
—Ése no es motivo, igual vas a graduarte, ya te dije, yo pago, después de todo vas a ser mi esposa. Y lo que vos logrés y lo que yo logre es para nuestros hijos.
Ella levantó la vista y la dejó en los ojos de él:
—Parece mentira —casi murmuró.
—¿Qué?
Sonrió:
—Que estés diciendo esas cosas en nuestro país. Lo que aprendemos en el colegio es que los hombres de aquí son machistas y no toman en cuenta lo que uno haga por ellos y por los hijos.
—Bueno, los de aquí... —se sonrió Fernández—, pero yo soy descendiente directo de España.
—¡Gran cosa!
Fernández le acarició el cabello:
—Pensá lo que te dé la gana, pero soy un Fernández auténtico: Desde España con amor. Ella rió:

—Pues nos debés bastante a los nativos de aquí.

—Ésta será una discusión larga, ¿quién le debe a quién?

Ella le acarició con el índice el lugar donde había estado el Eulalio:

—Ustedes fueron quienes cambiaron a nuestros antepasados espejitos por oro.

—Les pasó por vanidosos —Fernández dejó escapar una carcajada.

—No —dijo una meditabunda Alejandra—, fue por no saber el valor del oro, por ignorancia.

—Por vanidad, es casi lo mismo.

—Bueno —dijo ella en actitud muy seria—, dejémonos de tonterías, los dos somos de La Lima.

Él le dio un beso rápido como antídoto de un eventual enojo:

—Así es, y La Lima es más bonito que España.

—No sé —se rió ella—, no conozco España, pero para mí lo más bello es La Lima, aquí está mi familia y aquí estás vos.

—De acuerdo —le dijo y la besó, no sin antes dar un vistazo a un lado y otro por si los curiosos.

Al final del beso habló ella:

—Estoy indecisa, no sé si debamos...

—Sí —la interrumpió Fernández—. Si no es hoy tiene que ser mañana, pero tarde o temprano tienen que saberlo. Mejor hagámoslo ya para salir de esto de una vez.

—Está bien —se resignó ella y le tomó la mano.

Sólo estaba la madre, el padre no tardaría en llegar. Fernández saludó a la madre, ella lo recibió con mucha deferencia, como si lo conociera de siempre. Alejandra le pidió a la madre que hablaran a solas y dejaron a Fernández solo en la sala con la radio encendida, escuchando rancheras mexicanas de tipos que morían a balazo limpio por quitarle la virginidad a una mujer. La atención que prestaba a las rancheras se desvaneció más pronto de lo esperado, al perro de la casa le gustaron sus campanas, le mordía y jugaba con el ruedo del pantalón mientras él levantaba los pies evitándolo, el perro

35

atentaba contra una de las cosas más preciadas de Fernández, sus campanas Elvis Presley.

Agarró del cuello al perro, le tapó el hocico y le dio un pescozón, el perro trató de aullar, pero fue un intento fallido. Cuando lo notó más o menos calmado lo soltó, el perro salió disparado hacia el interior de la casa con la cola entre las patas.

A Fernández le pareció que madre e hija reaparecieron en una extraña complicidad. El esperaba gritos, insultos, llanto desde el dormitorio. La madre se sentó frente a él y le dijo:

—¿Le gustaría un café?

—Sí —dijo Fernández.

La madre caminó hacia la cocina, Alejandra aprovechó para acercarse a Fernández, robar un beso fugaz, y decirle casi al oído:

—Todo está bien, ella está con nosotros. Le preocupa nada más la reacción de papá.

La madre regresó con el café:

—¿Y cuándo vamos a conocer a sus padres?

—Cuando quieran —se apresuró Fernández—, ellos ya están al tanto de todo y les cae muy bien Alejandra.

La madre miró a la hija:

—Bueno —dijo la hija—, sí, la familia de Fernán es muy linda, me quiere mucho.

—Buenas tardes —resonó por la casa la voz del padre.

Fernández sintió temor, algo le decía que generalmente el padre no saluda así de sonoro y ésa era señal de que alguien extraño estaba en casa.

—Él es Fernández —dijo la madre—, ¿querés un café?

—Sí —contestó el padre y dejó un paquete que traía sobre una máquina de coser, le tendió la mano al muchacho—, ¿Fernández?, qué raro que se presente con el apellido, ¿no tiene primer y segundo nombre?

Alejandra salió al rescate:

—Se llama Fernán Fernández, con el Fernández dice los dos nombres en uno.

El padre dijo casi desaprobando:

—Lo conocés demasiado bien.

Alejandra comprendió y decidió salir de una vez:

—Es que nosotros...

—Mauricio —interrumpió la madre sin quitarle los ojos de los de él y sonriendo—, te tengo una gran noticia.

—¿Y....? —se limitó a decir el padre, quien sospechó que, como un día antes Alejandra cumplió la mayoría de edad, se atrevía a llevar el novio que hasta entonces ocultaba.

—Es una buena noticia —continuó la madre sin abandonar el rostro de felicidad—, vamos a ser abuelos.

Por tratarse de su hija única, Mauricio esperaba desde hacía mucho tiempo el día en que fueran a pedirle la mano. En su mente ensayaba las posibles respuestas, el enojo, la rabia, la forma en que el enamorado se iría humillado sin deseos de volver a ver a Alejandra. Todo se desvaneció en menos de un abrir y cerrar de ojos. Ahora no era un padre sino un abuelo. Y tampoco podía buscar alianza en su mujer quien ya sonaba contenta de convertirse en abuela. El padre apuró el café, bebía una y otra vez para ganarle tiempo a lo que acababa de escuchar y defenderse tal como desde siempre lo tenía planeado. Frente a él lo esperaban tres sonrisas y, como si no bastara, el abrazo madre-hija dando la impresión de una muralla indestructible. El pretexto del café se acabó. Por primera vez en toda su vida Mauricio se sintió abuelo, si se toma como sinónimo de cansado. Intentó una sonrisa:

—¿Cuándo es la boda?

—Yo lo soñé —gritó Alejandra.

—¿Qué soñaste? —preguntó la madre.

—Que todo salía bien, que vos y papá iban a estar de acuerdo, que yo me casaba y que todos, incluido Fernán, estaban en mi graduación.

Fernández calculó que era su momento:

—Por mi parte nos casamos ya mismo.

—Hummm —interrumpió el padre—, no se puede, primero se gradúa, ¿en qué vamos a dejar al Instituto Patria, que es una institución en La Lima, si las alumnas se casan antes de graduarse?

Alejandra convirtió su rostro en casi un lloriqueo:

—De aquí a un mes se me va a notar, papá.

—Qué notar ni qué notar, con tanta gorda que hay en ese instituto no se nota nada.

Todos rieron.

—¿Así que te me escapás a ver las muchachas, viejo verde? —bromeó la madre.

—No, no —se defendió el padre—, para ir y venir del trabajo es una obligación pasar por el Patria, y de verdad, ¡qué gordas!

Alejandra se acercó al padre:

—Gracias papá —lo besó—, no creí que serías tan comprensivo.

Fernández se sintió demás en aquellas confesiones familiares:

—Tengo que irme —dijo levantándose.

—Porque quiere —respondió un juguetón suegro—, una de mis más grandes preocupaciones es que en la familia una o dos de estas muchachas nacen estériles. Y nosotros sólo tenemos a Alejandra, ¡imagínese!

Nadie estaba pendiente de que Fernández decía adiós. La madre se unió al acaramelamiento padre-hija y exclamó:

—Gracias Dios, vamos a ser abuelos.

Manhattan, 1997

De algo tenía que vivir, todavía no era el escritor famoso que soy. Lógico, necesitaba de un empleo. Un amigo me consiguió uno propio para un escritor o, más ampliamente, para cualquier artista. Nada del otro mundo, eso sí, con algunos requisitos de primer orden, el más importante de todos: roncar, sí, saber roncar.

Se trataba de una nueva tienda de muebles, especializada en camas, ubicada nada más ni nada menos que en la Quinta Avenida y Calle 57. Llené el formulario y me quedé una noche en la prueba final, a quien más roncara. Gané uno de los puestos sin mucho esfuerzo. Por supuesto, aún no nos decían del todo de qué se trataba, aunque yo me lo sospechaba, y así era.

Al día siguiente los siete clasificados debíamos dormir en las camas que exponía la tienda, debíamos lucir plácidamente durmiendo. No sé de dónde el masoquismo humano, que entiende por dormir bien roncar a más no poder, por eso nos recomendaban desvelarnos lo más que pudiéramos, a tal grado que podíamos asistir a un nigth club de Manhattan afamado por sus bellas mujeres desnudas, por su abundante bebida que no pagábamos nosotros sino la casa de los sueños. A las ocho de la mañana cada quien se acomodó en su cama y seguro que yo en aquella vitrina roncaba de lo más fantástico. Me desperté cerca de las tres de tarde, el impacto no pudo ser menor, me vi arropado, pero en calzoncillos mirando desde una vitrina a gente boquiabierta y otros que reían estrepitosamente. Recordé mi contrato.

Seguí durmiendo sin roncar con los ojos semiabiertos apreciando el desfile de curiosas y curiosos que seguramente se preguntaban si yo era real o se trataba de un maniquí. Dormía con rabia, lo que tenía que pasar un genio de la literatura era humillante. Maldije.

Mientras llegaba la hora de salida, las cinco de la tarde, preferí escribir nuevos capítulos mentales sobre la pareja de La Lima, era más tierno, más puro, más bello y sincero que la rabia competitiva de las grandes ciudades. Alejandra y Fernández podían darme la sonrisa perdida en la selva de las pirañas bípedas.

A las cinco salí de la cama, listo para pasar la noche en vela, pero recomendaban no irse a casa sino tres días después cuando los horarios estuviesen realmente cambiados. Yo, ni modo, me dirigía hacia donde las rubias desnudas intentando que alguna se apiadara de mi erección, pues el paquete incluía ver y beber pero no tocar y mucho menos dormir.

A pesar del trastorno del destiempo que me agobiaba le gusté a una rubia, no era para menos, aun con las ojeras mi pinta de genio ha sido inocultable. Seguramente ella de no ser bailarina de aquel night club, que la vida le hubiese dado un poquito más de oportunidad, estaría en el ballet ruso dándole la vuelta mundial a Tchaikovsky, pero tanto ella como yo estábamos en caminos equivocados, ella bailando para imbéciles y yo durmiendo en horas que debía estar despierto o, por lo menos, escribiendo.

A cualquier aspirante a escritor que me lea debo advertirle que busque cualquier otro trabajo, pero nunca promover camas solitarias, en las que se duerme quizá con sueño, pero con una vitrina de ojos enfrente. Al segundo día tuve conciencia de haberme despertado pero no me atreví a abrir los ojos, no quería toparme con alguna belleza neoyorquina que me apreciara intentando abrir los ojos Como saliendo de una membrana. Pagaban bien pero era vergonzoso, preferí mil veces estar

40

pegando ladrillos o enterrando muertos. No podía hacer nada, aparte de dormido estaba atado a un contrato.

Alejandra y Fernández reposaban en La Lima, ni siquiera en La Lima sino en mi estudio del Village. El ruso se me había perdido y estaba más convencido que nunca de que se me fugaba no mi mejor libro pero sí el que me daría más dinero. Empezaba a perder la vergüenza, después de todo la modernidad medía el éxito con ventas. Exito también suponía calidad. Yo mentalmente me oponía a todo aquello, no obstante, en el diario vivir, me llamaba al silencio por si a mí me llegaba el turno no ser mi primer autocrítico.

Odiaba que las necesidades de subsistencia me alejaran de La Lima, también, no sé por qué cada vez me inquietaba más no saber en qué pararía lo del ruso.

Al concluir mi contrato, los quince días del dormir diurno y público, volví a mi apartamento tan cansado como si nunca hubiera dormido. El ruso tenía días de haber vuelto de Connecticut y me acechaba como cocodrilo a la presa.

Al verlo me abandonó el cansancio, quizá porque pensaba que con él tenía resuelto mis últimos problemas existenciales, la subsistencia. Apareció alumbrándome con el diente de oro, el Pedro Navaja de Rubén Blades se quedaba aprendiz ante tanta iluminación. Lo hice pasar, ni corto ni perezoso sacó su botella del morral y me serví un trago que bien merecía por el fastidio de la vitrina.

Esperé un tiempo para que cayera en lo del Ejército Rojo. Al no dar señales y repetirse entre anécdotas de abuelos y tíos intrascendentes, olvidé la diplomacia literaria y le dije:

—¿Cuéntame de tu estancia en el Ejército Rojo?

Me recosté en mi sofá-cama para disfrutar y grabar aquellas envidiables hazañas en Afganistán.

El apagó el diente:

—No —dijo avergonzado—, yo estuve en el Ejército Rojo pero nunca salí de Moscú.

No me di por vencido:

41

—Cuéntame de lo que hacías en Moscú, ¿es cierto que torturaban a los prisioneros de guerra?

—No lo sé —continuó con el diente apagado—, yo trabajé con el Ejército Rojo, pero como chofer. Recogía a uno del Buró en la Plaza Roja y lo iba a dejar a su casa, en la mañana lo recogía y lo llevaba al Kremlin —se rió con sus recuerdos—. Una vez que venía del Kremlin una mujer se nos atravesó y él me dijo...

Yo ya no escuchaba a aquel ruso, el cansancio me regresaba con otra intensidad, con la de estar muerto.

—Víctor —le dije con ganas de estrangularlo—, ¿quieres que escriba tu vida, no es cierto?

—Sí —respondió golpeándome la vista con su sol.

—Lo que me has contado no sirve para nada, si le sales a Tolstói o a Gógol con una historia de éstas...

—Ellos —me interrumpió—, ya estaban muertos cuando yo nací.

Me sentí a pie en el desierto o en una pequeña balsa en el centro del océano, que es lo mismo. Según yo me había acostumbrado por completo a la soledad, aquel ruso me hizo entender todo lo contrario, la soledad no sólo es ausencia de gente sino también de cosas, de historias. Ese ruso estaba más solo que yo, pero, al menos, él adoraba su insulsa historia. Yo no era capaz siquiera de internarme en la historia de Alejandra y Fernández, ya no sabía quién abandonaba a quién, quizá ellos en su inmortalidad esperaban por otro escritor que no era yo. Me di un trago a lo Víctor, largo y a pico de botella.

—Como ruso —se rió el ruso.

Lo vi tan feliz dentro de su ignorancia, que me causó envidia. Su presencia me empequeñecía, por eso traté de correrlo:

—Víctor —le dije muy en serio—, una novela requiere de hechos, de cosas importantes, nada de abuelos y tías, tíos y primos, es algo más. Tiene que haber cosas realmente importantes. Tú, ¿has matado a alguien?

El ruso me miró horrorizado negando con su cabeza de erizo.

—¿Has violado a alguna mujer, cometido incesto, parricidio o indujiste a alguien al suicidio?

Víctor agarró su morral, los ojos se le salían y el sol no daba señales de vida por ninguna parte.

—No, no —dijo persignándose a lo católico de Roma—yo soy una persona sana, noble, de familia pobre pero muy buena.

—Entonces —le grité antes de que cerrara la puerta y saliera despavorido—, ¡tu vida no le interesa a nadie!

La Lima, 1961

La película que fueron a ver aquel domingo a San Pedro Sula Alejandra y Fernández se llamaba Fernán. Allí estaba el bebito aparecido con el año nuevo. Fernández dejó su apartamento y alquiló una casa más confortable, esperaba un préstamo del banco para comprar la propia.

El gerente acabó con su tosca relación de jefe después de la noche de boda. Se había acercado a darle las respectivas felicitaciones a Alejandra, ese rostro no lo había olvidado ni lo olvidaría jamás. Se acercó a ella y le dijo casi al oído:

—Aún no me cuadran los nueve centavos sobrantes...

Alejandra sonrió, ruborizada:

—De verdad que lo siento, yo no...

—Nada de arrepentirse —interrumpió el gerente—, yo te agradezco por la lección. De veras que no era por el centavo en sí, un centavo no es nada, sino por enseñarle a Fernández la rigurosidad de las matemáticas. Él tiene mucha capacidad pero para desarrollar esa capacidad se requiere de disciplina, rigor. Por supuesto, yo me estaba exagerando. Tenes tu carácter, eso es bueno. Te felicito. Pobre Fernández, tendrá que andar mansito.

—Quien le agradece soy yo —dijo Alejandra acomodándose el velo de novia—, le aseguro que si no es por ese centavo no estaríamos aquí esta noche. Estoy tan contenta.

—No exagerés, un centavo no es para tanto.

—De no ser por el centavo Fernández me hubiera atendido como una dienta más. Además, tenía curiosidad de saber qué fui a hacer yo a su oficina. ¿Usted no le comentó nada?

—No —rió felizmente el gerente—, ¿cómo te pones a creer? Me quedé a meditar, avergonzado. Espero que vos no lo hayas andado contando por ahí.

—No, sólo a Fernández. Después de que usted sin mucho problema lo dejó que sustituyera ese horrible Eulalio de su plaquita, usted empezó a caerme muy bien.

Un sonriente novio se sumó a la conversación:

—¿De qué hablan?

—Del centavo —se sonrió el gerente.

—Del centavo —protestó amablemente el novio—, ése no es tema para una boda.

—De no ser por el centavo no estuviera esta boda, al menos no conmigo —se defendió Alejandra.

—Así es —comentó el gerente.

—Gracias a ustedes dos y al centavo —expresó un embriagado de alegría Fernández—, de no ser con vos seguiría soltero y continuaría llamándome...

—Ya —intervino la novia—, le vas a recordar a la gente ese ridículo nombre, que casi ya han olvidado.

Los padres de la novia se acercaron a secuestrar a la hija:

—Alejandra —llamó el padre—, ya van a poner el vals. Fernández fue a buscar a su madre. El *Danubio Azul* inundó La Lima.

En La Lima no funcionaban las invitaciones, una boda y un entierro eran de dominio público. La voz se corría como río cuesta abajo. Un solo comentario de que se casaba alguien recorría el pueblo a velocidad asombrosa. Desde ese momento se empezaba a averiguar la fecha del enlace. Y también comenzaban los preparativos individuales de cada cual que se iba enterando. Con antelación, quizá antes que los novios, los autoinvitados ya tenían listas las ropas que vestirían ese día. Una novia o novio arrepentido a último momento corría riesgo de ser linchado por la multitud. Era como dejar plantado a todo un pueblo.

Afortunadamente, los autoinvitados no llevaban ningún otro tipo de regalos, no había que hacerse ilusiones con vajillas finas, perfumes, utensilios para el hogar, los hombres llevaban bebidas y las mujeres comida. De otra manera hubiese sido imposible darle bebida y alimentación a aquella multitud. Días después quedaban comentarios como si en vez de una boda hubiera sido un festival de la cocina: los Gallardo llevaron unas enchiladas exquisitas, ¿probaste los tacos de los Berríos?, no yo no alcancé a comer de las empanadas de los Peña.

Las bodas en La Lima se hicieron famosas y no precisamente por los limeños sino por una pareja de gringos que se conocieron en La Ceiba. El gringo trabajaba en la Standard Fruit Company y la gringa había ido a pasar unos días de turismo. Se enamoraron como pocas veces, según los apasionados hondureños, pueden hacerlo los gringos. Tanto que a ella no le importó quedarse en La Ceiba, eso sí, tenía que casarse. Aunque en su país llegaba la revolución del amor libre, los padres de ella no entendían de revoluciones. El gringo no quiso casarse en La Ceiba porque allí lo conocían y tenía que hacer una boda grande, él deseaba algo íntimo y discreto. No lo dudó y pensó en La Lima, un pueblo pequeño donde nadie lo conocía. A los únicos que les contó fue al alcalde y al cura.

Al gringo le extrañó que en el restaurante que alquilaron estaban colocando sillas en el patio:

—Este ser una fiesta privada. No necesitamos tantos sillas —le dijo al propietario del restaurante.

—Aquí estás en La Lima, muchacho —se limitó a responder el viejo.

El gringo levantó los hombros como diciendo: «Allá él».

Cuando a las seis de la tarde la pareja llegó a la iglesia, la multitud, respetuosamente, les abrió paso. El gringo quiso salir de la duda:

—¿Qué ser esta multitude? ¿Haber pasado algo?

—No —le contestó alguien—, es que hay boda. Se casan unos gringos.

Él se detuvo y miró a la novia, dirigió la vista hacia donde había provenido la voz:

—¿Qué gringos? —preguntó el gringo—. ¿Otros gringos?

—No, ustedes —le respondió la voz.

La pareja se asustó pero continuaron hacia el altar. El gringo, en voz baja, le preguntó al cura:

—¿Por qué tanta gente?

—Es una bendición de Dios, hijo mío, entre más gente venga más bendiciones tendrás. El gringo se dirigió al alcalde:

—¿Pero esta gente también va a ir al restaurante?

—Yo no tener tanto dinero —decía un sofocado gringo—, es, es una multitude.

El alcalde le guiñó un ojo:

—Despreocúpate, el pueblo paga. Sólo tendrás que pagar el alquiler del local, por lo demás no te preocupes.

Aquella pareja se sentía como metidos de repente en una película de aventuras. Ellos adelante, detrás de ellos el alcalde y el cura, y luego la multitud, que cargaba bebidas comidas.

Los gringos recién casados perdieron el miedo y se entremezclaron con los limeños, bailaban merengue al compás de la marimba de la alcaldía, quienes, cuando estaba el alcalde presente, se negaban a tomar descanso.

Fue tanta la impresión que le causó al gringo, que tiempo después escribió un artículo sobre su boda y, probando suerte, lo envió a las *Selecciones,* donde lo publicaron y le pagaron por ello.

Más o menos así había sido la boda de Alejandra y Fernández, como eran las bodas en La Lima de los años cincuenta y sesenta.

El padre de Alejandra, en medio de Strauss, le entregó la hija al novio, éste agradeció dándole a la madre para que no bailara solo.

El vals terminó. Y La Lima se vistió de fiesta.

Manhattan, enero de 1998

El ruso ya no era culpable, tenía varios meses de no saber de él. En mis casuales encuentros con Charlie, él evitaba referirse a Víctor, pero yo supe que el ruso le había contado lo sucedido porque cierto día Charlie, mientras se daba un trago de vodka, lanzó ondas para quien quisiera identificarse con ellas:

—Escritores neuróticos —y no dijo más.

Yo no quise entrar en el tema:

—¿Qué tal tu familia?

—Muy bien —rió irónicamente—, mi mujer está feliz gastando el dinero que yo gano. ¿Y cómo va tu nueva novela?

—Mal, he escrito uno que otro capítulo, pero sobre todo no he hecho sino escribir apuntes, buscar datos. No me queda tiempo. Necesitaría de un par de semanas exclusivamente dedicado a ella.

—Tienes que buscar el tiempo si no los años se te van a pasar y nunca vas a escribir nada. Por eso insistía en que escribieras sobre Víctor, es una persona sencilla, te sería fácil escribir su vida de tarde en tarde.

Bebí lentamente para darle oportunidad a que pasara a otra cosa. El extendió su pausa de tal forma que me vi forzado a emitir un comentario:

—Fue un chofer de un oficial del Ejército Rojo. Un chofer sin pena ni gloria, el gran acontecimiento de su vida fue que atropello a una vieja, el oficial lo respaldó diciéndole:

«No te aflijas, estas viejas tienen la culpa, se cruzan la calle sin tomar precaución». Y Víctor y el chofer bajaron a atenderla, afortunadamente no era nada grave. Cuando el oficial vio el rostro de la vieja le gritó a Víctor: «Imbécil, ¿no sabes distinguir la familia, no ves que es mi tía? Muévete, rápido, llevémosla al hospital». Charlie rió:

—Sí, conozco esa historia, me la ha contado como mil veces.

—Es lo único —dije tratando de sacar ventaja—, ¿quién puede escribir la vida de un ruso tan corriente, que no ha hecho nada sobresaliente, nada fuera de lo común, nada que pueda interesar a un lector?

Charlie me miró a los ojos:

—Allí está el secreto, un buen escritor escribe de lo que sea, y hace lucir a un ruso sin historia, interesante, aun cuando no esté contando nada trascendental acerca de él. Por supuesto, eso sólo lo logran los grandes escritores.

Sentí mi ego reducirse como en la compactadora del camión de la basura:

—No soy un gran escritor.

Charlie jugó con el vaso haciendo sonar los cubos de hielo:

—No tienes que decirlo —e intuí que me diría algo con lo que ya en un par de ocasiones me había fastidiado—, aún no has aparecido en *The New York Times.*

Lo dijo. Yo tuve que respirar profundo pero sin causar alboroto, tampoco quería que me notara. Para él, como para otros muchos neoyorquinos, mientras las cosas no las reseñaba *The New York Times,* no tenían mayor relevancia.

—No tardando leerás allí sobre mí.

—Ilusiones —se rió—, ni siquiera en el obituario.

Quería y respetaba mucho al viejo, por eso contuve el volcán de palabras afiladas que se me apilaban en el corazón, porque juro que no provenían del cerebro.

—¿Y escribir sobre un ruso me garantiza la reseña de *The New York Times?*

—No, podrías escribir sobre un haitiano y seguramente apareces. Se trata de ser un buen escritor.

Tomé la botella y me serví al estilo del ruso. Bebí también a su estilo, aquel vodka me pasó por la garganta como una catarata de alfileres, pero fingí no sentir nada.

—¿Dónde aprendiste eso?

Quise contestarle de inmediato pero la corriente rusa arrastraba mis palabras hacia el fondo y sólo era capaz de percibir una gran llamarada expandiéndoseme pecho adentro.

—No —le respondí casi afónico—, en mi país, allí existe una bebida, el guaro, más fuerte que el vodka. Y se toma puro. — Era verdad pero yo tenía como mil años de no probar ni cucharada del aguardiente.

—Ve a tomar agua —sugirió el viejo.

—No, no, estoy bien.

—Solamente bromeaba. Sé que eres un gran escritor, pronto aparecerás por todas partes, debes tener calma. Tú sabes que aquí en Nueva York, para que tu vecino te conozca tienen que pasar diez años.

—Sí —le dije y me dirigí al refrigerador en busca de un bendito vaso de agua.

—¿Sabes qué? Hazlo por mí, por nuestra amistad. Escribe aunque sea un cuento sobre Víctor, no importa si lo sacas como idiota. Ya le expliqué y me dijo que no le importa, dice que es mejor porque los idiotas en las historias hacen reír a los lectores, y por eso la gente no los olvida.

Charlie le hizo eco a mi carcajada:

—¿Así piensa, Charlie? Está loco, está loco el ruso.

—No —Charlie continuaba riéndose—, pasa que sueña con ver su nombre impreso en una historia que se realice en Nueva York. Me dice que una vez publicada se la enviará a sus familiares y les va a subrayar donde diga *Víctor, el ruso,* y *Nueva York.* Y argumenta que de todos modos ninguno de sus familiares sabe otro idioma que no sea ruso, así que no importa si la hace de idiota.

—Voy a intentarlo.

—Trata, hazlo por hacerlo, sin ambición. Hazlo como para que nos divirtamos tú y yo. Dile que sí, a él no le importa esperar a que antes termines con tu novela sobre... sobre...

—Alejandra y Fernández.

—Sí, eso. Debías solicitar un mes en tu trabajo, si no comienzas a escribirla nunca la vas a terminar y en un mes no sólo te organizas sino que escribes varios capítulos.

El consejo me pareció acertado. No faltaba nada, la novela, incluso, ya estaba estructurada, era cuestión de tiempo.

La Lima, 1963

Alejandra estaba a punto de alumbrar por segunda vez. Fernán tenía dos años y Fernández, antes de irse y después de regresar del banco, se ocupaba de Fernán y de que Alejandra hiciera el menos esfuerzo posible. Fernández era una especie extraña en la fauna masculina limeña. Una matrona quedaba corta en cuanto a los cuidados que él daba al niño y a la embarazada. Si sus amigos querían verlo debían visitarlo a casa, conversar suave, no ingerir mucho licor y marcharse temprano. Alejandra lo acusaba de exagerarse, ella aún podía caminar y dedicarse a algunos de los quehaceres de la casa. Él temía que un mal movimiento estropeara la niña que cargaba en su vientre.

—No es niña —lo corregía Alejandra—, es niño.

—¿Y vos cómo vas a saber?

—Lo soñé. Soñé que era varón.

—Vos y tus sueños.

—¿Ya olvidaste cuando soñé que ibas a estar en mi fiesta de graduación y que nos íbamos a casar sin problema? Fernández rechinó los dientes:

—Pura casualidad.

—Si es varón, ¿lo vamos a bautizar con el nombre que nos dio el gringo, verdad?

—Sí, pero es niña.

—Qué terco sos, Fernández. Yo sé que querés niña, pero no de esta vez. Bueno, supongamos, pues. ¿Te parece el nombre que nos dio el gringo?

—Sí —dijo sin entusiasmo—, suena bien.

—Suena bien —se emocionó ella—, ¡es divino! ¡Suena maravilloso! Novarino Fernández. Es hasta artístico.

Una semana antes habían salido a dar una caminata de ejercitación que el médico recomendaba para facilitar el parto. En una de las esquinas del parque la gran atracción eran dos gringos mormones, uno de ellos mostraba una pequeña navaja blanca, cerraba el puño y al volver a abrirlo era negra. La daba a los curiosos para que la tocaran y que constataran que no trampeaba. A algunos limeños no les bastaba con verla por todas partes sino que intentaban rasparla con las uñas pero el color estaba totalmente impregnado. Uno de ellos, un buscador de oro, llegó al colmo de morderla por un costado de la boca. Revisó donde había incrustado sus caninos y para su admiración y la de todos no dejó huella. El mormón cerró el puño con la navaja negra, un segundo después lo abrió y era blanca. Los limeños lo imitaban sin éxito. Luego sacó una baraja y les dijo que sabía otras cosas que ellos no lograrían hacer.

El grupo de hombres, mujeres y, sobre todo, niños no querían perderse los trucos que vendrían, por eso se quedaban allí a escuchar al mormón que no hacía trucos. Lo escuchaban más que nada por esperar el turno del mago. El mormón les hablaba de un Joseph Smith, que se había ido cuarenta días con cuarenta noches a una montaña. Allí se le había aparecido Dios y le ordenaba la misión de crear la Iglesia de los Santos de los Últimos Días.

Cuando Alejandra y Fernández llegaron, los mormones repartían folletos con llamativos dibujos a colores de Dios y gente en el paraíso. Alejandra, quien no podía descansar por su obsesión con los nombres, se acercó a uno de los misioneros y le pidió la bendición para su embarazo. El mormón por un momento se turbó, pero reaccionó pronto y posó la palma de su

53

mano sobre la panza y dio un murmullo en el que iba una breve oración.

—Aún no tenemos nombre para el niño —le dijo Alejandra—, recomiéndenos un

El mormón miró sorprendido a su colega. No podía sugerirle un nombre porque no sabían si sería niña o niño. Al quitar la mano del vientre de Alejandra, el mormón, refiriéndose a su compañero, dijo, desarmado:

—Nobody know.

Ni Fernández ni Alejandra sabían una pizca de inglés. Ella les dio las gracias y se alejó tomada de la mano de su esposo. Iba feliz, en su cerebro se repetía una y otra vez la combinación: «No-va-ri-no. Novarino Fernández».

Dos meses después el sueño era realidad: en el hospital, al lado de su madre, encontró Fernández al niño, quien le hacía sus primeras muecas al mundo. Aun dudando Fernández lo desarropó y le revisó la entrepierna. Volvió a arroparlo, le sonrió y le acarició suavemente la mejilla, dio un beso a su mujer y exclamó:

—¡Novarino!

Manhattan, 1998

Sin rodeos le pedí al jefe un tiempo para escribir, tres semanas o un mes. No tuvo ninguna objeción, me dijo que me tomara el mes, me descó suerte y me recordó que le habían gustado mucho mis libros anteriores y, por si fuera poco, si tenía algún percance económico le diera una llamada, que él me enviaría el dinero con el conserje. Salí contento, nada impediría que por lo menos avanzara muchos capítulos en ese mes, después de todo, era asunto de mecanografiar, la novela ya brillaba en mi cabeza.

El primer día me lo tomé para cosas prácticas: pagar renta, teléfono, luz, de esta manera nadie me interrumpiría, ni siquiera las preocupaciones. Al día siguiente me abastecí de víveres, sí, así como si fuera hacia una guerra.

El tercer día me senté frente a la computadora, algo no funcionaba, no de la computadora sino del ambiente: libros por todas partes, papeles, ropa colgando en las paredes como una manada de monos espiándome, la alfombra roja llena de pequeños desperdicios. Apagué la computadora, era imposible concentrarse en medio de aquel estudio con sabor a huellas de un tornado. Si bien el día se me fue en la higiene, también es cierto que, como pocas veces, mi estudio quedó reluciente. No había un utensilio de cocina sucio ni un papelito de cigarrillos sobre la alfombra. Quedé agotado, soñoliento, preferí dormir, al amanecer despertaría con otra aura, abundante para deslizarme como en esquíes sobre las páginas en blanco o, dicho a la moderna, en la pantalla azul.

El sol no sólo atravesó la ventana sino también mis párpados para avisarle a la niña, de los ojos, que el momento de andar vertical había llegado. Me deshorizontalicé, cepillé los dientes, un baño lento para conducirme a la meditación, desayuné huevos y pan, lavé los trastes sucios para que no se acumularan. Y otra vez estaba yo allí frente a la pantalla.

Revisé los apuntes sobre Alejandra y Fernández. No sé por qué comencé a decepcionarme. Sentí cursi esa vida de la pareja limeña que unos meses antes sólo con el hecho de imaginar cómo se desenrollaría me hacía vibrar de emoción. Al finalizar las notas, algunos capítulos casi completos, me recosté en el sillón. Miré hacia el techo y, como diría Serrat, pensé que no le iría nada mal una mano de pintura.

Me dije que la culpa era de las grandes ciudades, no se puede escribir en las grandes ciudades. ¿Cómo desligarse del mundo de afuera? Sea que uno quiera o no se tropieza con un periódico en que fulanito o menganita, a veces con libros que valen, otras con verdaderas decepciones literarias, consiguieron un contrato astronómico o le van a llevar el libro al cine. Y entonces imaginaba el tiempo que perdería escribiendo una historia de un pueblo olvidado allá en una olvidada Centroamérica dentro de una hundida Honduras. No, yo no quería ser héroe, mucho menos un héroe literario.

Un día después, al no mover ni una tan sola tecla de la computadora, bajé al primer piso y toqué a la puerta del viejo Charlie. Me recibió alegre:

—¿Cómo va esa novela? Ya tienes más de una semana dedicado exclusivamente a ella. No puedes quejarte.

—¿Tienes algo de beber? —pregunté como respuesta.

—Sí, por supuesto —se apresuró Charlie—, has de estar agotado. Es lo negativo de ser escritor, dicen que después de escribir continuamente varios días el cerebro queda seco —tomó una servilleta e hizo como que la exprimía—, sin nada.

Me convidó de su acostumbrado vodka. Le hice una seña para que lo sirviera puro. Lo bebí de un trago y le acerqué el vaso para que me lo repitiera, mientras el líquido se fugaba de la botella al vaso, le dije:

—¿Y el ruso? ¿Cuándo va a volver? Necesito ver al ruso.

La Lima, 1967

Nueve meses antes Fernández le había dicho:

—La tercera es la vencida.

Alejandra quebró dos huevos y los echó en el sartén:

—No podemos llenarnos de hijos, Fer, después las cosas se complican —dijo mientras revolvía los huevos en el ardiente aceite.

Fernández caminaba de un extremo a otro de la cocina:

—Sí, mi amor, pero necesitamos una niña.

—Necesitarla como si fuera una obligación no. Uno debe de agradecerle a Dios por los hijos, el sexo no importa.

—Lo sé, yo agradezco a Dios, pero me encantaría una niña. Le pondríamos como mi madre.

—Ni soñando —reprobó mientras pasaba los huevos del sartén al plato—, ese nombre sí que no lo acepto ni de segundo.

El emitió una voz persuasiva, casi infantil:

—Qué va... Es bonito, es el nombre de mi madre... Dorotea.

Alejandra rió:

—Con ese nombre quedaría solterona. —Bueno, ella no quedó, en caso contrario yo no hubiera nacido.

—Claro, pero tu papá se llamaba Eulalio, eran tal para cual se rió.

—Qué más da, el nombre no importa, lo que quiero es una niña.

—En caso de que lo decidamos y es niña se tiene que llamar Alejandra, como la madre. Andate para el comedor que ya te llevo el desayuno.

Él se regresó:

—Quiere decir que estás aceptando que probemos una vez más.

—Ya pasó de moda eso de llenarse de hijos. Mira, yo con dos no puedo ni trabajar.

—¿Para qué? ¿Acaso no trabajo yo? Ninguna mujer que yo conozca trabaja.

—¿Y tus compañeras del banco?

—Son solteras.

—No es cierto, dos de ellas están casadas. —Sí, pero trabajaban antes de casarse. Ella le sirvió el desayuno, y se sirvió una taza de café para acompañarlo:

—Lo que Dios diga.

—Dios dice que sí —remató él.

—No jugués con fuego...

—Es en serio, estoy leyendo la Biblia y por fin entendiéndole.

Tres meses después, un fin de semana que se dirigían a un parque infantil con los niños, antes de salir Alejandra le acarició el cuello:

—Te tengo una mala noticia. No, mala no, Dios me perdone —se persignó—, también éste va a ser niño. Fernández le retiró la mano del cuello: —Otra vez tus sueños.

—Sí —respondió ella con plena convicción—, anoche lo soñé y va a ser niño.

El apresuró a los otros niños porque se les hacía tarde

Ahora estaba allí, en la sala, arrullando a Alejandro mientras Alejandra bañaba a Fernán y a Novarino. Fernández nunca más volvió a dudar de que los sueños no eran sueños sino relevaciones, sobre todo los de su esposa.

Manhattan, 1998

Pasaban dos semanas del permiso y yo no alcanzaba renglón. Me dedicaba a conversar con el ruso, quien me divertía por su manera de ser y por las cosas insulsas que me relataba, las que contaba como si fueran acontecimientos irrepetibles en ningún ser humano, y a lo mejor lo eran, no podía haber dos seres tan compasivamente torpes como Víctor en un planeta tan pequeño.

Tocaba a mi puerta con un martillo, desarmador, tenaza o el instrumento de trabajo que anduviera en ese momento, por fortuna nunca cargaba la almádana. Le pedí que se acostumbrara a tocar con los nudillos de los dedos, asentía, pedía disculpas, y decía que la próxima vez. Un día yo iba detrás de él, le di cierta distancia para observarlo, se dirigía a mi apartamento. Llevaba las manos ocupadas, se acercó y dio tres frentazos en la puerta que me estremecieron.

—Víctor —le grité—, no hagas eso que te vas a estropear el cerebro —fue lo que dije pero lo que en verdad pensé es que se lo iba a atrofiar un poco más de lo que ya lo tenía.

Él se rió y, para convencerme de que era de hierro, dio tres cabezazos más. Abrí la puerta y lo hice pasar.

—¿Y eso que has salido tan temprano?

—No —dijo y miró los instrumentos que cargaba—, aún no he salido pero quisiera que me dieras donde guardar estos instrumentos, por hoy sólo necesito la almádana. Y, además, quiero invitarte a comer.

Acomodó sus cosas en una esquina de la cocinita y le pedí unos minutos para retocarme.

Frente al espejo, mientras me recortaba la barba mis pensamientos se extendían hasta desembocar en el complejo de culpa. Me sentía prostituido, como una mujer que acepta invitaciones y regalos de un hombre con el que de antemano sabe que no va a acostarse. Víctor, sin decírmelo, estaba ilusionado con ver retratados en la letra de imprenta a sus abuelos, tíos y a sí mismo en una pequeña comarca rusa. Por mi parte, encima de que siempre he rechazado las sugerencias para que escriba sobre equis tema, encontraba vacío a aquel ruso, no le veía ningún futuro literario, ni siquiera para escribir una comedia y convertirlo en el blanco de las risas de los lectores. Ningún lector, en su sano juicio (si es que existe alguno), reiría con aquel pelos parados y sol escondido detrás de los labios, tampoco podía llorarse por él, era tan desabrido que no conducía, ya como último recurso, ni a la lástima. Quizá a la rabia, no contra él sino contra mí, con alguien así cualquier escritor se exponía a que un despiadado lector, que sí abundan, le lanzara una sarta de improperios en el más elegante de los lugares públicos. Gracias a todas aquellas reflexiones decidí comer con el ruso pero antes de que él tuviese oportunidad de actuar yo ya habría pagado la cuenta.

Salimos de mi edificio, del 187 de Chrystie St., y subimos por Houston hasta dar con la Avenida A, allí en la séptima calle, entre A y B, me invitó a pasar a un edificio que no estaba en muy buenas condiciones. Subimos por las escaleras hasta el quinto piso. Me explicó que estaba trabajando allí. Dijo que ya regresaba.

Al quedarme solo recorrí el apartamento, lo remodelaban por completo. Era espacioso y tenía ventana hacia la calle. Vi encima de un armario semidestruido una fotografía, me acerqué, y, para mi sorpresa, reconocí a Víctor, en el retrato aún el cabello le era abundante y los pelos no se le paraban tan exageradamente. Deduje que la mujer que lo acompañaba era su esposa y un chico y una chica, entre los quince y diecisiete, eran sus hijos. La palidez de la foto casi hablaba, indudablemente, se trataba de su pequeño pueblo ruso. Pensé en mi hijo, en mí que no cargaba ni una foto de él. Tuve deseos de marcharme, no de allí sino de todas partes a cualquier lugar en donde estuviera con él. Víctor me avanzó aún frente a la foto. Se emocionó, me enseñó a su mujer y dijo su nombre, también me dio los nombres de sus hijos, la del perro en el que yo no había reparado. Y la casita de al fondo, donde había sido tan feliz. Para detener mis deseos de llorar, le dije:

—Vamos a comer.

Él comprendió, echó la foto en el morral, y estoy seguro de que por poco se le escapa un lo siento, con lo que yo no hubiera podido contener las lágrimas, pero lo detuvo a tiempo.

Él me llamó con una señal para que me acercara a la hoguera. Con un guante metió la mano y extrajo algo que tenía envuelto en papel aluminio, siguió removiendo y encontraba más envoltorios. Los colocó en una mesa abandonada y me invitó a servirme, de uno de los bolsillos del abrigo sacó una barra de mantequilla. Hizo gestos de la deli¬cia al saborear aquella especialidad, me contó que era una de las tantas maneras de hacer la papa en Rusia, la que más le gustaba a él porque le recordaba las noches familiares de unos años irrepetibles en un continente ahora para él lejano.

Después de comer conversamos un rato. Nada del otro mundo. La furia que tenía porque su hija había conocido a un iraní en Brooklyn y estaba perdidamente enamorada de él. Su hijo, más sensato, estudiaba y trabajaba, y su novia era estadounidense.

—¡Belísima senorina! —dijo y agrupando los dedos se los llevó a los labios y les dio un beso. El sol salió de su boca.

La Lima, mayo de 1969

Fernández devoraba la Biblia, antes de dormir se quedaba religiosamente dos horas leyendo y descifrando. Alejandra, aunque religiosa, era contraria a las extremas. Muchas veces tuvo que orar en silencio, persignarse, antes de cerrarle lentamente la Biblia a Fernández, colocarla en la mesita de noche y entre caricias recordarle que ella estaba allí, era su joven esposa, cada vez más fuego que carne.

Alejandra atribuía la obsesión religiosa que lentamente conquistaba a su marido a la mala compañía del gerente, quien, de la noche a la mañana, apareció hablando de Dios, predicando con el *Libro del Mormón,* se conocía bien, o al menos lo que convenía, la vida de Joseph Smith, líder religioso estadounidense y fundador del mormonismo, quien en 1844 se presentó como candidato a las elecciones de su país, pero sus ideas sobre la poligamia y las luchas políticas y religiosas le llevaron a la cárcel y a su posterior linchamiento. El gerente hablaba como si conociera personalmente a Smith. Alejandra, en más de alguna oportunidad también escuchó a Fernández referirse a él como si se tratara de un vecino de La Lima. Alejandra (h)ojeó una vez el *Libro del Mormón* que el gerente le había regalado a su marido, pronto lo abandonó, no sólo porque era perezosa para leer sino porque pensaba que traicionaba a la Biblia.

—Nosotros somos católicos —le había dicho a Fernández.

A lo que él había contestado:

—Esa es una religión que se quedó atrás, con viejas costumbres. Si no fuera por la religión católica hace tiempo hubiéramos pasado del medioevo.

—Ya no estamos en la Edad Media.

—Sí, aún estamos en la Edad Media —enfatizó Fernández con las últimas palabras que le quedaban para ese día y se hundió en un profundo sueño.

Fernández no necesitó la alarma del reloj para abrir los ojos. Miró a Alejandra dormir tan plácidamente que le pareció que le sobresalía el niño que cada uno llevamos en nosotros. Se salió cauteloso, lentamente le puso la sábana al cuello para que continuara con su inocencia. Y se metió en el baño.

Reapareció, siempre con el menor ruido posible, y se dirigió a la cocina. Hizo café, preparó una tortilla española como le había enseñado su madre para que no olvidara a sus antepasados. Se disponía a comer solitario en el comedor cuando apareció Alejandra, sonriente-soñolienta:

—Cariño, me hubieras despertado.

—No es nada, nunca me dejas cocinar, y te aseguro que lo sé hacer muy bien —él le ofreció a que probara la tortilla.

—¡Humm, deliciosa! —y se sentó cerca de él.

Así quedaron unos rtiinutos, él comiendo y ella reviviendo.

—¿Qué pasa, Fer, no dormiste bien?

Fernández endulzaba el café:

—No, dormí demasiado bien. Va a haber guerra —concluyó.

—¿Qué estás diciendo? Ya te dije que no andes leyendo ese libro de los mormones, la Biblia se resiente.

—Aún no lo he leído, primero tengo que leer la Biblia completamente, interpretarla y ya estoy listo para leer el otro. Pero soñé que había guerra.

Ella dio un sorbo del café

—No es solamente soñar. No todos los sueños son revelaciones. El sueño es una revelación cuando uno siente que estuvo allí, que ya no distingue entre la realidad y el sueño. Soñar por soñar medio mundo lo hace todos los días.

—Yo estuve allí. Era la guerra.

Ella se levantó y encendió la radio:

—Todos los días escuchamos las noticias y nadie ha hablado de guerra.

—Sí, pero las guerras comienzan de repente. De un día para otro un ejército intenta aniquilar a otro.

—Ojalá que sólo sea un sueño, no una revelación.

—Tenemos que comprar comida, voy a sacar dinero de nuestros ahorros.

—La comida no se arruina y nunca estorba, pero pensalo bien, a lo mejor es sólo un sueño.

Allí estaba Fernández, quien nunca había disparado contra nada, ni contra un ave, escopeta al hombro. Contagiado por el himno nacional y marchas de guerra se había convertido en uno de los cabecillas del ejército civil para contrarrestar al enemigo. Iba Fernández al frente dentro de sus botas montañesas seguido por un comando civil limeño. La guerra había comenzado con el pretexto de un partido de fútbol en San Salvador, capital de El Salvador. En La Lima ni eso sabían, porque el deporte de ellos, debido a la cercanía de las plantaciones bananeras de compañías estadounidenses, desde hacía mucho tiempo era el basquetbol.

El comando rodeaba la casa, Fernández llamaba a la puerta tomando precauciones:

—¡Salgan, están rodeados!

La mayoría de las veces eran mujeres, muchas de ellas viejas, ancianos y niños, quienes salían con las manos arriba.

—Nosotros ya somos hondureños, tenemos tiempos de vivir aquí.

—Papeles —decía Fernández por toda respuesta. Y permitía que fuera una mujer, la más vieja de la familia, que entrara custodiada por uno del ejército civil. Todos los papeles eran entregados a Fernández, quien los leía y hacía las respectivas divisiones: los nacidos en El Salvador en una fila, los nacidos en Honduras, en otra. Generalmente los adultos eran salvadoreños, los jóvenes y niños hondureños.

El ejército civil maniató a la fila enemiga, mientras desde la otra fila desesperados niños, llorosas adolescentes, gritaban que no les fueran a hacer nada. Luego los prisioneros de guerra salvadoreños eran llevados a la cárcel que el ejército nacional había vaciado llevándose a los delincuentes hacia el frente de guerra para que combatieran por la patria, con el entendido de que no importaba el delito que hubiesen cometido, si salían vivos de la guerra quedarían en libertad.

Alejandra no podía creer en ese cambio tan repentino de Fernández, ¿cómo podía un ser humano saltar de la Biblia a capturar vecinos de más de una vida sólo por el hecho de su procedencia? Fernández se justificaba que era una misión que Dios le había encomendado porque si fuera otro y no él quien estuviera al frente, maltratarían a esas personas y algunos hasta las matarían. Él no, él sólo los tenía como prisioneros de guerra, pidiendo a Dios que las cosas no empeoraran para darles la libertad o deportarlos a El Salvador. Los adolescentes y niños hondureños, quienes no tenían un adulto de su misma nacionalidad, eran llevados al Centro Comunal convertido, por designios de la guerra, en albergue.

Se combatía en otros lugares pero ésta no es una novela acerca de ninguna guerra sino sobre Fernández y su familia, por ello bastará decir que la guerra fue de cien horas, no llegó a La Lima y los limeños no denunciaban a ninguno de los salvadoreños que fueron devueltos a sus hogares no sin antes pasar a recoger a sus respectivos familiares al albergue. Cuando comandos del ejército nacional llegaban en busca de salvadores, los limeños, casi en un acuerdo común telepático, respondían:

—Aquí los únicos extranjeros son los gringos, pero ellos no se meten con nadie.

Manhattan, 1998

Me restaba una semana para que finalizara el permiso concedido para que mi genialidad se desbordara y creara extraordinarios personajes que cautivarían a todos mis lectores, entre ellos a mi jefe. La pantalla de la computadora continuaba azul y la impresora apagada. Tenía veinte días de usar una y otra llave pero el cerebro no me encendía. La posibilidad de escribir algo autobiográfico me coqueteó unas cuantas veces, pero mi vida no se diferenciaba mucho a la del ruso. Provenía de un país desconocido, ninguno de mis compatriotas había descollado en las letras a un nivel seriamente internacional, por tanto, carecía de elementos con los que por lo menos se me considerara debido a una tradición. Llegué a Nueva York sin dificultades y mi pasado era de recuerdos ni buenos ni malos, solamente recuerdos.

En mi infancia no tuve mayores retos, por lo tanto, ninguna conquista. Mis padres me proveían todo lo que deseaba siempre y cuando estuviera dentro de sus posibilidades. Fui a la escuela como todos los niños del barrio y me licencié en Filosofía para ver si así me preocupaba por algo.

Lo único positivo de todo ese tiempo era que mi apartamento relumbraba. Boté papeles que no servían, compré un archivo y ordené mis escritos. Pero lo que necesitaba era un castillo para no terminar nunca de arreglarlo y no tener tiempo nunca para enfrentarme a la terrible realidad de la página en blanco.

En momentos de autocrítica traía a mi memoria los psajes de la vida de Alejandra y Fernández, a mí mismo me cautivaban, una historia de amor en un pueblo lejano era grata para los lectores inteligentes, yo me consideraba uno de ellos. Allí estaba aquella pareja dispuesta a colaborar, bastaba con irse a 1935 cuando nació Fernández y caminar hacia el presente, no sin antes pasar recogiendo a Alejandra en 1943, el desarrollo de esas dos vidas hasta culminar debajo de un árbol frente al Instituto Patria, teniendo como testigo a un corazón flechado en una tarde de 1960 parecía facilísimo, sólo que yo no me sentía con capacidad de hacerlo. Culpaba a César Vallejo por haberme metido en la cabeza que la sencillez era difícil. Recordaba los clásicos, sobre todo los rusos, quienes creaban grandes personajes de la cotidianidad, eran otros tiempos, no les preocupaba la fama ni el dinero, mucho menos que la novela se llevara al cine.

El día anterior, mi confidente, Charlie, me invitó a su casa de campo, cuatro horas fuera de la ciudad de Nueva York, donde hacía un frío infernal. Ante mi sorpresa me encontré con que Víctor y su familia ya estaban allí. Hablé un rato con los hijos del ruso, parecía que la asimilación se la hubiesen inyectado en sobredosis, lo menos que podía sospecharse es que eran extranjeros.

La mujer de Víctor me pareció simpática, me agradeció por la emoción que embargaba a Víctor sólo por el hecho de saber que yo lo iba a incluir en algunas de mis páginas. En verdad yo no le había prometido nada, pero no quise entristecer a la rusa:

—No es nada, quien tiene que agradecer soy yo por esas maravillosas historias que me ha contado Víctor.

—Es difícil que él pare de hablar.

Charlie me llamó y me llevó a que conociera la casa, la esposa de Charlie ya se había encargado de darle el respectivo tour a los rusos. Subimos una escalera hasta la segunda planta, bajamos por otra y caímos al patio. Allí había una piscina grande, casi congelada. Desde algún lugar se apareció Víctor invitándome a darme un chapuzón. Sólo con pensar en la temperatura del agua se me enfriaba el alma. Y reí con la broma del ruso.

La broma era en serio. Víctor se despojó de los zapatos, se sacó la camisa, se bajó el pantalón y quedó en una desteñida calzoneta roja. Nos miró, Charlie sonrió, yo me resistía a creer que lo haría. Sin más se lanzó, nadaba bajo el agua, luego sacaba la cabeza, nos veía, se reía y decía:

—No está tan fría, en Rusia sí que es fría. Aquí es como que fuera verano.

Salió sin inmutarse, y como yo no le despegaba los ojos, se dirigió al trampolín, dio un impulso, dos vueltas al estilo olimpiadas y el panzazo sonó a la distancia. Allí lo dejamos bajo el agua, nos estábamos enfriando, a Charlie le pareció buena idea ir por alguna bebida caliente. Aproveché que Charlie husmeaba en la cocina para regresar a espiar a Víctor, lo que vi me tenía desconcertado, el ruso ya iba para diez años de vivir en Nueva York, debía de haberse olvidado entonces del frío infernal de las afueras de Moscú. Me quedé dentro de la casa, protegiéndome detrás de una escultura.

Víctor, desde el centro de la piscina, nos buscaba con la vista. Miró al segundo piso, luego hacia todas partes como para cerciorarse de que él era su único testigo. Salió de la piscina, el castañeo de los dientes era capaz de espantar una manada de zorros, temblaba como un esqueleto metálico que ponían a bailar los marionetistas en el carnaval de la ciudad de La Ceiba. Cogió, como pudo, una toalla que tenía preparada en una de las orillas. Temblaba y temblaba.

Para conocer su reacción salí, no sin antes, intencionalmente, causar el suficiente ruido con la puerta para no avanzarlo del todo desprevenido. Cuando logré divisarlo aún tenía la toalla en la mano, pero no tiritaba. Con la naturalidad de quien está en una playa de la costa norte hondureña, con un imponente sol, Víctor se secaba con lentitud.

Luego, casi de mal modo, dejó de secarse y lanzó la toalla al piso.

—Es como verano el invierno aquí —me dijo e hizo una mueca de decepción—, un día te voy a contar cómo son los inviernos de allá —y se lanzó nuevamente a la piscina.

Si alguna oportunidad tenía el ruso de que escribiera sobre él en ese momento acababa de desbaratarla. Ese afán de impresionarme le quitaba autenticidad. Lo dejé bajo el agua y regresé adonde Charlie.

La Lima, 1971

Fernández, después del sueño con la guerra, nunca más volvió a dudar de que Dios habla en los sueños. En esos días Dios le había dicho: «Hola Fernández. Te felicito, hace dos años que me aparecí ante ti en el sueño e hiciste bien en creerme. Y estoy orgulloso de cómo trataste a los salvadoreños prisioneros de guerra, y cómo luego convenciste a los demás para liberarlos. Ahora tu misión es construir un arca. Una más grande que tu casa, úsala como casa para cuando los días difíciles vengan, no te encuentren fuera de ella». Fernández miró a Dios a los ojos y le respondió: «No tengo muchos recursos, Señor, trabajo a tiempo completo en el banco, ¿a qué horas podría trabajar en un proyecto tan grande?». Dios le había tocado el hombro para decirle: «La fe, hijo mío, la fe mueve montañas». Y sonriendo Dios se esfumó.

Al despertar Fernández estaba poseído por una vitalidad y felicidad inexplicables. Delante/de los tres niños le contó a Alejandra el sueño, y que pronto debía decidir en abandonar su trabajo y dedicarse a la misión celestial. En principio Alejandra tomó como algo pasajero lo de los sueños de su marido, pero el fervor y la brillantez de los ojos que había mostrado mientras relataba lo de construir un arca la llevaron a pensar que las cosas, o el arca, llevaba una ruta imparable. Trató de persuadirlo recordándole que Dios hablaba en parábolas y por ello había que saber interpretarlo, Fernández no tenía oídos sino para la voz que Alejandra, como quien desde alta mar trata de darle un último vistazo a tierra firme, se le acercó, lo abrazó y en voz baja le dijo que interpretara. Él, cariñoso como nunca, le pasó la mano por el cuello y aseguró que ya todo estaba dicho y que su misión tendría que comenzar a la brevedad posible.

Ella supo que ninguna palabra sería capaz de convencer al futuro marinero, pensó en Cristóbal Colón, si había tenido mujer, que no fuera una india, que lo esperara en España, que tuviera fe en que volvería aun cuando lo que se decía era que el mar desembocaba en un enorme vacío, de donde el retorno era imposible.

Odió a Colón, no por la conquista sino por lo obstinado que fue. ¿Cómo era posible que había accedido hasta la reina para hacer un viaje descabellado, sin tener idea si volvería o no buscándole final al mar? Así estaba Fernández, como Colón, porque, aunque ya se sabía que la tierra era redonda, los vecinos nunca entenderían a una familia viviendo en un arca, porque eso era lo que Fernández había jurado: construir un arca y vivir en ella. Alejandra tuvo la convicción de que ese nuevo Colón no realizaría ningún viaje, después de todo, como dicen todos los hombres cuando están enamorando, ella era la reina del hogar, salvo que lo hiciera sobre su cadáver.

Los tres niños estaban de parte de Colón, alucinaban imaginando vivir en un arca. No era para menos, serían los únicos, según los brillantes ojo^ de Fernández, que tendrían algo diferente a muchas millas de La Lima. Alejandra los concentraba, antes del rezo para ir a cama, y les explicaba que papá no hablaba en serio sino que les contaba un cuento para que ellos desarrollaran la imaginación. Pero los niños no le creían a ella, y aunque le creyeran, lo que deseaban era vivir en un arca en el centro de aquel clima cálido de casas todas parecidas.

Nada podía hacer Alejandra porque cuando Colón comenzaba a fantasear los niños le decían a todo sí, que le iban a ayudar en la construcción del arca y lo apresuraban a que diera el primer paso, que comenzara. La suerte de Alejandra fue que en esos días el gerente del banco había promovido a Fernández para un ascenso: pasaría a ser supervisor. Fernández encontró sospechoso todo aquello, sin duda, era el mismísimo diablo que lo hacía caer en tentación, le subían el rango, le pagaban más y todo con el cruel propósito de que abandonara su proyecto de salvar a la humanidad o, por lo menos, a algunos vecinos que anduvieran por allí flotando el día del juicio final.

Alejandra, quien para ese entonces ya se había convertido, según Colón, en intermediaria del diablo, le hizo ver la importancia del ascenso, que los niños iban creciendo y cada vez serían mayores los gastos para sus estudios. Sólo así pudo Fernández desistir temporalmente de la construcción del arca.

Manhattan, 1998

Si bien era cierto que, como la mayoría de los mortales, tenía un empleo, también era cierto que eso no era ningún pretexto para no escribir. El jefe, por su afición a la lectura y porque no me pagaba de su bolsillo, era muy flexible conmigo. Al extremo que podía faltar un par de días y bastaba con que le dijera que la inspiración me había tocado y que había escrito unas cuantas páginas de mi nueva novela para que me ofreciera más tiempo si lo necesitaba.

Llamé, con el fin de consolarme, a varios de mis colegas escritores, les preguntaba qué estaban escribiendo, las respuestas eran variadas pero llegaban al mismo punto. Este trabajo en la universidad me tiene fastidiado, no encuentro un momento para sentarme a escribir. Tengo muy malas relaciones con mi mujer, quizá nos divorciemos, esta situación me impide siquiera pensar en escribir. Mis hijos están en una edad que requieren de mucho cuidado, no hay manera de escribir algo. Y así por el estilo. Los envidiaba, yo carecía de pretextos. Trataba de inventarme alguno. No, no lo tenía.

Llegué a conjeturar que atravesaba ese momento de esterilidad que suele ser común en cualquier ser humano, especialmente en la gente de arte. No me creía la automentira: los fantasmas de Fernández y Alejandra estaban allí cerca de mí, los sentía andar por la cocina, descansar en la pequeña sala, una que otra vez cuando regresé a casa los avancé durmiendo en mi cama. Sentía que se burlaban de mí o urgentemente me necesitaban. No era profesor, no tenía deudas, me sobraba tiempo, en mi cerebro navegaba una montaña de ideas, los personajes ya estaban hechos porque andaban allí, casi me hablaban. Tampoco deseaba retirarme y no volver a escribir, aún cuando, dentro de la frágil justificación que intentaba crearme, veía que escribir era absurdo y aburrido. Un tipo solitario, tecleando como una paloma hambrienta que ha tropezado con un trigal, allí en una esquina mientras la vida afuera pasaba. Gente riéndose en los restaurantes, bailando en las discotecas, los bares saciando la sed de muchos mientras la alegría cobija el ambiente. Allí nomás, a unas cuantas calles de mi apartamento, bellas mujeres caminando en grupos, otras solitarias, con una bastante posibilidad de poder llevarme una, o que me llevara ella, a la cama. Y yo allí en el onanismo mental y de vez en cuando físico.

Así, en medio de aquel torbellino, me vestía a la brevedad posible y salía a la vida. Y era verdad, allí en la vida había amigos sonrientes entre sí, gente contándose historias, abundaba la cerveza y todo tipo de bebidas y, por supuesto, también era verdad que allí en la vida andaba una de mis grandes pasiones, las mujeres. Las había a cual mejor, lograba agenciarme la sonrisa de una que otra pero no sé por qué razón, por la misma desconocida razón por la que no se desarrollaba la historia de Alejandra y Fernández, yo no podía ligarme ninguna.

Esto me hacía quedarme en la barra, pedir otra cerveza, asustarme porque: ¿cómo era posible que sólo unos meses antes me bastó muchas veces sonreír y preguntar el nombre de una chica para que nos embarcáramos en una conversación que algunas veces terminamos mirando las siete estrellas de la suerte que cuelgan esparcidas en mi techo?

Decepcionado daba marcha atrás, volvía a mi apartamento, misteriosamente allí sí me sentía acompañado. Di con la fórmula, me sentí el alquimista, eran los personajes que no me dejarían escapar, de allí que ninguna chica se decidiera por mí, sin duda es que me miraban acompañado.

Así, un día cualquiera, me dije que tenía todos los elementos para desenrollar la historia, excepto uno: cambiar de ambiente, de ciudad, fugarme con mis personajes a lugares en donde no me apareciera un ruso real desbaratándome la ficción. No podía entremezclar una cosa con otra, Charlie convenciéndome acerca del ruso y el ruso espiando cada vuelta que yo daba para convencerme de que su vida valía más que la sencilla historia de amor de La Lima. Afortunadamente, mi amigo Juanma me invitó a que pasara el tiempo que quisiera en su apartamento, y el jefe no tuvo objeción alguna en apoyarme a pasar un mes en un lugar donde, de proponérmelo, hasta podría concluir la novela que aún no comenzaba.

Salía con mi maleta hacia el taxi que aguardaba por mí frente a mi apartamento. En la acera se encontraban Charlie y el ruso. Me alegré de verlos, sobre todo al ruso, a quien, casi burlándome, le dije:

—¡Me voy para Madrid!

La Lima, 1972

El rezo antes de dormir era una costumbre que Alejandra inculcaba a sus hijos. Los tres niños y ella oraban mientras en la sala Fernández se internaba en la Biblia y el mundo de los mormones.

La madre, por escasos segundos, interrumpió su comunicación con Dios para cerciorarse si los niños estaban también conectados. Sorprendió a Novarino con los ojos abiertos, las manos entrelazadas sosteniéndose el mentón y una sonrisa burlona se adivinaba en sus labios mientras veía a sus hermanos murmurar a ojos herméticamente cerrados. Alejandra reanudó el contacto celestial, pero al concluir la oración envió a los otros dos niños a la cama y retuvo a Novarino.

Él se asustó y por su mente pasó que nada malo había hecho.

—Tengo sueño —dijo.

—Sí, pero primero a orar.

—Yo ya oré.

—No —dijo la madre en tono serio—, te vi abriendo los ojos y burlándote de tus hermanos.

—Yo no me estaba burlando.

—Bueno, pero tampoco estabas rezando.

Novarino, con cara más cercana al llanto que al sueño, dijo:

—Es que Dios no lo escucha a uno. Yo le he pedido algunas cosas y nunca me salen, nunca me contesta.

La madre lo acarició:

—Amorcito, es que Dios no contesta al momento. Además, depende lo que le pidas. Él sí responde cuando uno le habla con sinceridad, pero, por supuesto, él no te va a aparecer así despierto sino cuando dormís, él aparece en los sueños.

—Le pedí que papá y vos tuvieran mucho dinero para que no trabajen tanto.

—Hijo, el trabajo no es ningún castigo, es una bendición.

—Pero yo quiero una bicicleta y papá dice que el dinero no le alcanza.

—Tal vez si oras con fe Dios te la da, ¿probamos?

Novarino se hincó imitando a la madre. Oraron.

Al día siguiente la madre percibió que Novarino se levantó malhumorado. Fernández no prestaba atención a nada porque había vuelto a soñar que la divinidad volvía a insistirle en que construyera el arca. Luego de intentar persuadir a Fernández sobre las metáforas de Dios, la madre interrogó al niño a solas sobre la causa de su estado anímico. Con ceño fruncido Novarino respondió:

—Es que anoche soñé con Dios.

Alejandra sonrió:

—Hijo pero ésa es una razón para estar alegre. La gente se alegra cuando sueña con Dios... Contame, ¿qué soñaste?

—No, que yo iba caminando para la escuela cuando un señor muy viejo de barba blanca me apareció en la calle y me dijo que él era Dios. Entonces yo le dije que si venía para darme la bicicleta que le pedí y él se rió y me dijo que sí. Yo no vi que trajera nada en donde pudiera venir la bicicleta. Abrió la mano y me dio un centavo y al momentito desapareció. Mami, ¿Dios no sabe cuánto cuesta una bicicleta, que con un centavo no se compra nada?

La madre lo abrazó y él se acurrucó en el pecho de ella:

—Sí, hijo, sí sabe. Él sabe todo. Lo que pasa es que Dios habla en parábolas.

78

La voz del niño vuelta casi llanto salió suave desde el pecho de la madre:

—¿Qué es eso?

—Que si en el sueño Dios te dio un centavo, vos tenés que pensar en el significado, tenés que ponerte a pensar qué quiso decir con eso. Puede ser que te quiera decir que poco a poco tendremos el dinero para comprarte la bicicleta.

El niño ya casi no tenía voz:

—Pero de centavo en centavo no vamos a ajustar nunca. Un centavo no vale nada.

—No digas eso, que no es cierto. Vos y tus hermanos vinieron al mundo por un centavo.

Alejandra tuvo que volver a aquel día de mil novecientos sesenta cuando conoció a Fernández, le explicó lo sucedido y agregó:

—Si no es porque me faltaba un centavo tu padre no se habría fijado en mí, ni yo en él. Ese simple centavo fue el que nos hizo vernos, avergonzarnos pero también sentirnos cómplices y querer vernos otra vez.

El niño, en medio del llanto masticó unas palabras:

—Entonces por eso Dios sólo me dio un centavo. Eso quiere decir que es eso lo que yo valgo, un centavo.

Madrid, España, agonía de 1998

Juanma me dijo más o menos por dónde encontraría un lugar para comprar los diarios y, de paso, comer. Miré las letras blancas en fondo rojo *Vips,* entré. Se trataba de un lugar bonito, recorrí la librería y me agencié un libro de un nuevo autor hispanoamericano y otro de una autora africana.

Cuando iba a pagarlo me preguntó quien atendía si tenía tarjeta de socio del *Club Vips,* con lo que daban descuentos, regalos y no sé qué más. Le paré la carreta diciéndole que era extranjero, de Nueva York, ¿qué podía interesarme ser socio de una tienda que quizá nunca más visitaría?

Me fui al fondo, al restaurante. La chica que me llevó el menú también me preguntó, sonrisa a flor de piel, si yo era socio del *Club Vips,* le saqué a relucir mi extranjería y el quién sabe si volveré a Madrid.

Apenas era mi cuarto día, por eso me sentía bien. No era culpa mía si aún no había escrito un renglón, porque un recién llegado, en ninguna parte, tiene la obligación de empezar a hacer las cosas desde que llega, primero hay que ambientarse. Y para mí ambientarme significaba olvidarme del maldito, sí, del maldito ruso y del huracán. Y es bien sabido que alguien que ha andado tan cerca de uno no es tan fácil olvidar, no importa quién sea, en caso contrario habría menos crímenes en este bendito planeta, bastaría con decir: A ese desgraciado no vale la pena ni recordarlo. Pero no, uno recuerda el agravio y al individuo más que a una enamorada que no nos quiso, ése es el embrión de la venganza, después ya se sabe cómo termina la película, con algún muerto de alguno de los bandos. Por todo eso y algo más, cambiar de continente causa eso que se conoce como el *jet lag,* el tal cambio de hora que te hace dormir cuando no debes y así por el estilo.

Pensé que lo primero que uno debe hacer, como me enseñó O. Henry, es conocer la ciudad, encariñarse con ella y buscarle el lado bueno, porque en caso contrario las ciudades son como las mujeres... pero eso lo dijo O. Henry y ésta no es una novela feminista ni antifeminista, es sólo una novela desclasificada, sí, así como esa información que ya de nada sirve que nos regala la CIA.

Me fui a la cama con los libros, los vi por todas partes pero hice esfuerzos sobrehumanos para no tocarlos, corría el riesgo de que me gustaran demasiado y pasara las horas leyéndolos y yo no alcanzara a estabilizar mi realidad de estar en España. Así que preferí ubicarlos en la mesita de noche, que se desvelaran mirándome como si yo fuera el bello durmiente.

Una semana después sentí que era el momento de comenzar la historia de Alejandra y Fernández, ellos, después de todo, no me habían traicionado, los sentía allí conmigo, con la ventaja de que no tuve que pagarles el pasaje. Ya no pensaba en el ruso, lo único que me quedaba era un poco de huracán. Cometí el error sólo unas cuantas veces, ya que por mi acento los españoles preguntaban mi procedencia, y yo, sin más, les decía Honduras, mejor les hubiese dicho «Vengo de Huracán», porque cambiaban el rostro a uno de profunda tristeza y me obsequiaban aquellos ojos inundados de compasión que yo poco a poco me iba hundiendo como si estuviera en el mismísimo ojo del huracán y después de la mirada de sus bocas salían cifras de muertos y pérdidas materiales y tanto que yo quedaba a punto de gritar al doctor de la muerte, tenga piedad por favor, le solicito a voluntad propia y con urgencia extrema que me aplique la eutanasia, el Señor se lo pagará...

81

Después de unas cuantas experiencias similares no me quedó sino, ya que el doctor de la muerte estaba lejos, cambiarme de nacionalidad. ¿Y dónde más sino de Nueva York podía decir que yo era? Entonces caía la extrema, la frialdad europea generalizando a los estadounidenses de gente con dólares pero sin cerebro.

Ese, al menos, era un reto mucho más fácil para mí, les tocaba unos cuantos temas filosóficos, literarios y políticos y al final quedaban boquiabiertos, y solamente me decían «Bueno, es que Nueva York es otra cosa», y entonces podía yo respirar en paz, sin extremos de lástima ni de frialdad.

Cuando tenía superados todos esos retos habían pasado ya diez y siete días, a trece (número de mala suerte, por cierto) de regresar a Nueva York. Que me faltara para escribir el equivalente a casi dos semanas no me preocupaba en lo absoluto, aun cuando estaba bien informado de autores que decían haberse tardado treinta y más años en un libro, nunca les he creído después de la declaración que hizo William Faulkner de que los escritores son unos grandes mentirosos, y, por supuesto, tomando en cuenta la sinceridad de Dostoievski que escribió uno de sus clásicos, agobiado por las deudas que había contraído por su afición al juego, *El jugador,* en dos semanas. Mas yo no pretendía obra maestra alguna sino una novela sencilla sobre una pequeña ciudad hondurena llamada La Lima. Además, yo no era, ni pretendo ser, mentiroso ni Dostoievski.

Y por si fuera poco llovía en Madrid, a mí no me gusta la lluvia, detesto que los personajes se mojen. No quería lluvia, estaba cansado de tanto aguacero en la literatura latinoamericana. No me quedaba sino esperar a que escampara. Aprovechando ese descanso invernal deseé encontrar a alguien con quien tener un romance de viajero, de esos efímeros pero intensos.

Como no supe nunca dónde se encontraba el amor en España y ya sólo faltaba un día para abandonar Madrid y tampoco había escrito ni un renglón, ni siquiera uno torcido, de mi futura novela, decidí no desperdiciar la invitación, de mi amigo

Juanma, a una noche de juerga. Así nos fuimos, olvidados del mundo y de la literatura, a recorrer el verdadero mundo, junto a Óscar, poeta *underground,* y el rockero mayor Julián Hernández, de bar en bar y concierto en concierto en ese mundo de afuera que tanto me ha encantado. Nunca olvidaré la risa que me causó alguien que me aconsejó tener cuidado en las noches madrileñas por las gitanas juegamanos, árabes desconcertadores y no sé qué más. Por toda respuesta expuse mi neoyorquinidad, recurrí al cliché si no te pasa en Nueva York no te pasa en ninguna parte, y así nos internamos en la maravilla de las noches madrileñas.

Alguien debe tener la culpa, yo no dudo en acusar a la ausencia de un amor pasajero, porque de esa manera yo no hubiese propuesto visitar el mundo de mujeres nocturnas de Madrid. Caminábamos cuando de pronto en plena calle tengo aquella belleza española coqueteándome hasta hacerme sentir el no va más. La abracé, sentí su fuego, porque era fuego y no cuerpo, consumirme como en el infierno en donde nos encontraremos algún día todos los malos y las bellas. Aquel incendio duró apenas unos minutos pero me consumió todo. Esto no lo supe hasta cuando intenté pagar unas cañas, y los mil dólares que portaba no estaban en ninguna de tantas cuevas que carga un ser humano en la modernidad. Busqué y busqué y los verdes se habían vuelto invisibles. Juanma, a punto de dar un grito de histeria, me dijo:

—La puta esa que encontramos en la calle.

Alguien pagó e inmediatamente salimos a ver si dábamos con la que se fue. No quedó huella. Juanma, Óscar y Julián me miraron a los ojos, así como se mira al más tonto del planeta. No tuve sino que asumirlo, y así, como el que sabe que está a punto de morir y sólo tiene la oportunidad de dar un último mensaje, dije:

—Bueno, después de todo yo vine aquí a escribir una novela, no a andar de juerga. Por eso me ha pasado, ése es el precio del recuerdo de mi deber. El dinero ya no lo vamos a recuperar, pero por lo menos quiero saber el nombre de esta calle donde me ha sucedido esta desgracia que ni siquiera en Nueva York...

Ellos miraron el letrero de la esquina y quedaron petrificados. Yo, todo un neoyorquino, que supuestamente lo sabe todo, los imité sin darme cuenta de que me iba a dar, luego acompañado por ellos, la carcajada más cara de mi vida, vi el rotulito que decía: *La calle del desengaño*.

New York, New York, enero de 1999

Estaba de regreso en la alcaldía, en mi trabajo de traductor. Inesperadamente el jefe me pidió que le diera a leer los capítulos de mi novela que había escrito, por fin, en España. Me salvó esa aura de misterio que envuelve a los escritores de verdad, di un salto de mi asiento, lo miré horrorizado, él también se asustó, sus ojos azules se dirigían a un lado y otro como los ojos del extraterrestre de Spielberg.

—¡Imposible! —grité, en una de mis mejores actuaciones—. Me daría mala suerte, arruinaría la historia. Un escritor que le dé a un hombre a leer su novela antes de terminarla está condenado al fracaso. A las mujeres sí, a ellas se les puede leer, pero no darles lo escrito sino con la voz, porque la mujer oye mejor que el hombre, y también es capaz de decir con la mayor naturalidad del mundo, aunque lo esté haciendo añicos a uno, eso no me gusta, cambiale esto o dedícate a otra cosa. Pero, a su vez, son capaces de si les parece decirte me encanta, fascinante, de reír o llorar según lo que van escuchando. En cambio, nosotros no, si nos gusta pensamos va a triunfar este desgraciado y decimos suena bien, y si no nos gusta aprobamos asintiendo con la cabeza y diciendo eres genial, y en otro rinconcito del cerebro guardamos el qué jodida te vas a dar con esa mierda...

El pobre gringo tartamudeó un lo siento, lo siento.

—No, no es su culpa —continué—, usted simplemente no lo sabía, pero no dude que una vez le haya puesto el punto final usted será el primero en tener una fotocopia.

El gringo se sentía culpable:
—De verdad que lo siento. A mí es que me emociona saber que conozco a alguien que está escribiendo una novela, y también me causa un poco de ilusión. Para nosotros los estadounidenses hay dos cosas importantes: el dinero y quedar en la historia. Yo dinero ya tengo, no necesito grandes sumas, pero, ¿qué cuando me muera? No soy Rockefeller ni Guggenheim para crear fundaciones y museos con los que mi nombre ande siempre allí entre los vivos. Me muero y desaparezco. Contigo yo tengo la ilusión de que me dedicarás algún libro, o llegaré a ser, si no ahora después, citado de alguna manera en alguno de tus libros, es por ello que tú tienes libertades y permisos.

Yo dejé de actuar, aquellas palabras verdaderamente me conmovieron. Hasta entonces había visto al gringo como el jefe que está feliz de ser jefe y no piensa en lo que sucederá después de que la respiración nos traicione.

—Lo siento —le dije—, tenga la plena seguridad de que usted aparecerá en mi novela...

Se sonrió humildemente:
—No, no es una obligación, al artista no se le obliga, las cosas se dan porque deben darse.

—Precisamente por eso, mire cuánto tiempo juntos y yo no sabía ese gran interés suyo por mis libros y por trascender. Muchas veces los humanos, la mayoría de las veces, desperdiciamos ese maravilloso don de la comunicación, nos es más fácil manifestar el odio que la belleza.

El gringo sacó una cajetilla de cigarrillos:
—¿Te fumas uno?

Caminé a la par de él hacia la acera, una chica de la oficina de al lado fumaba solitaria. Fumábamos en silencio, a pesar del invierno Manhattan me pareció más embellecida que de costumbre. Era un momento de esos en los que se piensa lo dichoso que puede ser para un escritor vivir en una ciudad como Nueva York, la sola ciudad y el millón de cosas buenas y malas que se dicen sobre ella era ya una gran historia. Yo también, indudablemente, había llegado a formar parte de esa gran historia y me encantaba serlo, aunque sólo fuera un renglón en medio de esa montaña de prosa.

—Mister Simón —le dije—, usted estará en mi novela.

—No quiero pecar de modesto, pero un libro se dedica porque en verdad uno siente esa dedicatoria.

—Yo no dije que se lo dedicaría.

Detuvo el cigarrillo cerca de sus labios:

—¿Y entonces?

—Será un personaje.

Rió tan fuerte que atrajo la mirada de la chica que fumaba solitaria.

—No he hecho nada excepcional como para merecerme una palabra, ¿qué haría un pobre gringo que tiene una jefatura en la alcaldía de Nueva York?

—Algo, siempre hay algo, podría ser que el gringo, en una linda tarde gris de Manhattan, fuma en una acera del downtown mientras una rubia joven y hermosa lo acaricia con los ojos, mientras él ríe por algo que le ha contado un tipo que pretende escribir una novela.

Él volvió a reír, la chica apagó el cigarrillo sin quitarnos los ojos de encima. El gringo me puso una mano en el hombro mientras regresábamos a la oficina, y aún riendo me dijo:

—Tómate el día si quieres, parece que estás inspirado

La Lima, 20 de septiembre de 1974

Fernández se sentía como un Noé contemporáneo en rebeldía. Había desobedecido el mandato divino y eso lo tenía confinado en un rincón del sofá Biblia en mano clamando por piedad, el arrepentimiento se entrecruzaba con proverbios y salmos. No hizo lo que debía hacer simple y sencillamente por la ambición al aceptar el puesto de supervisor que el diablo le había ofrecido teniendo como intermediaria a su mujer, porque era y a la vez no Alejandra quien lo había persuadido para que dejara su descabellado proyecto de la construcción del arca, el creador intelectual para su desobediencia no era sino el mismísimo diablo, porque, desde aquella manzana en el Edén y aquella peluquera que dejó calvo a su marido para que perdiera sus defensas, el diablo no hablaba sino con boca de mujer.

Si tan sólo Fernández hubiese hecho caso omiso a aquella voz de Alejandra que, ahora que lo pensaba bien, no parecía la de ella, la magnitud de la tragedia no habría llegado a tanto. ¿Pero él, un pobre mortal, cómo podía deshacerse de aquella voz que le fluía como un alucinógeno que no entra por la boca ni venas ni fosas nasales sino por los agujeros negros de las orejas? La única vía para lograrlo debió ser estrangulando a Alejandra, pero con eso él no ganaba nada, el diablo se saldría en el momento en que ya a Alejandra no la pudiese regresar nadie del viaje de ida y él quedaría como asesino de su esposa, con lo

88

que iría a la cárcel a falta de pruebas de que intentando cazar al diablo disparó contra su mujer. Total, el diablo siempre quedaba triunfador porque él estaría tras barrotes, en doble desobediencia celestial, sin construir el arca y violándole el quinto mandamiento a Dios. Y en la tierra qué decir, siempre era menos drástico el castigo divino, para las feministas, machista; para los doctores, un loco; para la policía, un criminal; para los religiosos, la reencarnación del mismísimo; para los homosexuales, uno de ellos en el closet; para los hijos; para los vecinos; para los periodistas; para... No, en todo caso era preferible la desobediencia celestial.

Cuatro días antes el huracán Fifí había azotado la costa norte hondureña y Fernández estaba seguro de que, tal como le sucedió a Noé, la revelación de Dios de construir el arca tenía que ver con ello, por supuesto, no podría salvar a los miles de ahogados pero sí a algunas almas que la divinidad tenía seleccionadas para que predicaran la palabra e ir con ellos por los senderos trazados por el Señor edificando almas en la búsqueda de un mundo como el que se fue, como el paraíso. ¿Acaso no era bonito volver a aquel tiempo en que se podía andar completamente desnudo sin provocar erecciones o eyaculaciones precoces? ¿No era maravilloso poder pasar cerca de un león o un cocodrilo y tocarle la cabeza o andarlo como mascota de un sitio a otro sin ningún riesgo?

Fernández se sentía culpable en gran parte por el tiempo extra que tomaría llegar a ese regreso, al paraíso. Si hubiese despreciado el honorable título de supervisor y el billete que ello significaba para dedicarse al más humano pero humilde de los oficios, el de carpintero, pero no, lo había traicionado la vanidad de vanidades.

Él no pudo salvar a nadie sino Alejandra que, intuyendo que estaban en una zona insegura según las noticias que escuchó, sin ápice de duda se unió al éxodo hacia una montaña en donde el mar no llegaría, llevando con ella, casi atado, a un frustrado carpintero que no quería abandonarla casa resignándose a que se hiciera la voluntad de Dios, otra desobediencia, él estaba vivo porque hizo la voluntad de su mujer. Ésa fue otra razón para que a Fernández no le quedara duda de la complicidad existente entre el diablo y su mujer. Sí, porque para él, no podía ser sino el diablo quien había premiado a Alejandra dándole esa fuerza para unirse al éxodo, así como que a su casa no le pasara absolutamente nada, por la ayuda que le dio al convencerlo a él de que no debía construir el arca.

Mientras Fernández se hundía en el remordimiento, Alejandra con los niños restauraban el jardín, era lo único que les había sucedido, el lodo estuvo a punto de penetrar en la casa, así que la familia empezó a desenterrar margaritas y rosas, a rescatar rábanos y remolachas, y a poner en orden la cerca que sufrió uno que otro daño. La preocupación principal de la madre era que el huracán le había terminado de desbaratar el cerebro al ex jefe de familia.

Los niños le preguntaban qué le pasaba a papá, ella tuvo el acierto de recordar una palabra que aprendió con los jefes gringos de las bananeras y segura de sí les contestó:

—Está en shock.

Para los niños bastó. Cuando alguien les preguntaba sobre lo que le pasaba al padre, ellos sin ningún titubeo respondían está en shock, con una respuesta así no había nada que objetar, por el contrario, eso le daba a la familia un halo de exotismo y misterio. Muchos niños del vecindario desearon que algún día sus padres entraran en shock, la palabra, sin duda, sonaba muy bien. Alejandra se agenció un empleo administrando un hotel, los niños reanudaron sus clases y la vida continuó casi igual.

Dos años después Fernández salió del shock y le dio la cara al sol y, sobre todo, a los vecinos. En el barrio la noticia fue la novedad de la semana, por allí pasaban, unos con mayor disimulo que otros, curioseando cómo queda alguien después de salir de shock. Y no era nada mal, Fernández había perdido la panza, Alejandra le hizo una barba de candado, lo vistió con ropa que compró a bajos precios, que las gentes decían que eran marca Fifí, porque militares y civiles se habían robado gran parte de la ayuda internacional supuestamente destinada a los damnificados del huracán, la habían guardado y al paso del tiempo abrieron tiendas con ropa extraña para aquellos pueblos.

Al ver la elegancia con que había reaparecido Fernández, no faltaron mujeres que reprocharan a sus panzones maridos, eternos bebedores de cerveza, el hecho de que ellos no entraran en shock una temporada para ganarse la gracia y el aura que cubría a Fernández. Días después se reintegró al banco, siempre de supervisor. Entre el empleo de los dos pasaban a mejor vida, ante el ruego de los vecinos que les diera el secreto de cómo entrar en shock, Alejandra se sonreía y les respondía:

—No es así nomás ni en cualquier temporada, el shock viene en el ojo del huracán y no le da a cualquiera. Es Dios quien elige a quién le dará y a quién no. Recen por si algún día hay otro huracán les toque la fortuna del shock a sus maridos.

Manhattan

Alguien tocó a mi puerta. Llamaron con tanta prudencia que creí que sería una mujer. Esa interrupción me llegó justo cuando el ángel de la inspiración, por fin, había aparecido. Me aprestaba a comenzar la novela, tenía ya en mente el extremo del hilo con el cual comenzaría a desenrollar la madeja. La novela era mía. Ignoré el llamado, tampoco tecleé letra alguna para que se retirara, fuera quien fuera, creyendo que yo no estaba o dormía. Luego de una pausa, aquellos delicados nudillos volvieron a dar tres toques, sonaban de tal forma que incomodaba no abrir. Resistí. ¿Y qué tal si era la vecina que, luego de tanta indecisión, concluía por que valía la pena conocer mi cama? Sí, era bella. Una tan sola vez estuvo en mi apartamento, no pude sino darle unos cuantos besos. Se fue con la promesa de que el día menos esperado me daría una sorpresa, vendría dispuesta a todo.

Recordé ese día, era como si la viera despojada de su vestido, aquellas nalgas suaves, moldeadas, los pechos creados casi con la intención de que mis labios los recorrieran sin dejar poro que no fuese invadido por mi saliva. También me dije que en todo el intento de comenzar a escribir la novela no había tenido ninguna relación amorosa, ¿quién puede escribir con semejante acumulación de semen? De allí que la imaginación me abandonara. La fusión con otro cuerpo revitaliza la sangre y ésta vuela por las venas, masajea el cerebro y la creatividad se desborda sin mucho esfuerzo.

Pensé que nadie sería capaz escribir o crear una obra de arte sin hacer el amor. Al extremo opuesto de mis pensamientos se escucharon una vez más aquellos delicados toques al otro lado de la puerta. No lo dudé, hacer el amor tan temprano me daría un día completamente productivo, incluida la noche. Abrí. Allí estaba con olor desconocido para mí, como de flores recién cortadas, con un peinado distinto, hecho como con fijador. Apenas me detectó, sus labios fueron abriéndose poco a poco, era una sonrisa, podía jurarlo, estudiada, hasta que por fin el estiramiento de sus labios alcanzó tal dimensión que me iluminó el rostro el sol de su boca. Era el ruso.

El instinto asesino me posesionaba gradualmente, pero aquel diente hecho sol funcionaba como antídoto insuperable, ¿cómo matar a alguien que posee sonrisa tan iluminadora? Terminé de abrir la puerta y lo hice pasar. Se disculpó. Le miré las toscas manos de ex prisionero pica piedra en Siberia, ¿era posible que esas mismas manos pudiesen crear toques tan femeninos que a punto estuvieron de producirme una erección?

—¿Qué se te ofrece? —pregunté por preguntar porque no estaba dispuesto a hacer nada por él.

—No —dijo amagando con el sol de su boca—, que hoy tengo libre y el otro día que estuve aquí vi que tienes muchos libros en el piso, esa ventana no cierra bien y el piso está estropeado. Traje madera y el material que necesito para hacerte un librero en esa pared, y reparar lo que no sirva.

—Víctor, lo que sucede es...

—Nada de excusas —me interrumpió—, yo no te estoy cobrando nada, es mi voluntad hacerlo. Hace días lo tenía en mente pero no había tenido tiempo. No quiero causarte atrasos, así que haré el menor ruido posible, o puedes escribir con audífonos escuchando música. A mí me han dicho que muchos escritores escriben con audífonos porque la música, a través de los oídos, llega al papel. Y es así como los personajes ya están listos para la película, porque ya llevan la música de fondo.

¿Cómo puede correr uno a alguien que le da consejos tan valiosos? Quien lo haga merece viajar sin escala al purgatorio. Cualquiera que estuviese en mi lugar habría hecho lo mismo, atenderlo. Le pedí que se sentara, conversaría un momento con él, lo convencería, sin perjudicar su susceptibilidad, de que me gustaba tener los libros en el piso, que daba buena suerte, todo ello acompañado con una mentira intelectualmente piadosa, que se trataba de una tradición heredada de los mayas a través de generaciones. Ya lo veía marcharse, alumbrándome el rostro al despedirse, y yo, finalmente, inmerso en la historia de Alejandra y Fernández.

—Lo que pasa, Víctor, es que la novela que estoy escribiendo no pretende sino ser una novela sencilla, de amor, sin complicaciones. No aspira a película ni nada. Por supuesto, te puedo sonar falso porque en el mundo de hoy casi el cien por ciento de los que escribimos, en algún momento pensamos en la película, en las ventas del libro, es así, son otros tiempos.

Víctor quedó serio, más que un obrero ruso parecía un pensador griego, me miró, sin atisbo de su sol y lo dijo casi como una sentencia:

—No lo vas a lograr.

Lo que faltaba, que un iletrado ruso fuera capaz de decirle a un escritor tan seguro de sí lo que podría o no hacer. Era para echarlo de una vez, pero necesitaba urgentemente una explicación:

—¿Por qué dices eso?

El ruso colgó los ojos en la pared donde supuestamente me construiría un librero:

—Porque el amor no es sencillo, y tú dices que es una novela de amor. ¿Acaso el amor es sencillo? Yo tengo muchos años casado y mi mujer me ha corrido muchas veces de la casa, no hace mucho, por cierto, me corrió la última vez. El amor es complicado. ¿Tú tienes un hijo?

-Sí... ¿y?

—Bueno, no lo tuviste solo, necesitaste de una pareja. ¿Por qué no están juntos? Me sentí acorralado:

—Problemas, incompatibilidad de caracteres...

—Tonterías —interrumpió—, el amor es complicado. Si no fuera así tú estarías con ella y con tu hijo. Una novela de amor no puede ser sencilla.

Aquel obrero me destruía con unas cuantas palabras mis teorías literarias que yo había edificado con años de estudio y lecturas. Me sentí en la obligación de defenderme:

—Depende, Víctor, mi novela comienza cuando la pareja se conoce en un banco, a ella le falta un centavo, él es el cajero, pero no anda nada en los bolsillos, eso los hace fijarse uno en el otro, y después se enamoran, la novela finaliza debajo de un árbol donde él ha grabado un corazón flechado y las iniciales *A &c F,* o sea, Alejandra y Fernández se aman.

El ruso, más con burla placentera que con sonrisa, me alumbró la cara:

—Entonces no es una novela de amor sino la breve historia de unos adolescentes que terminará donde comienzan las pruebas para ver si realmente existía amor. ¿Cómo va a ser una historia de amor si no hay hijos, no hay problemas comunes que tengan que enfrentar en la vida, no hay reclamos del uno hacia el otro, no hay ninguna situación que amenace con separarlos? No, ésa no puede ser una historia de amor.

El ruso se levantó, tomó sus herramientas, comenzó a trazar rayas sobre la pared, a medir de un extremo a otro. Yo lo miraba pero realmente no sabía lo que él hacía ni por qué estaba allí o, lo que es peor, yo no estaba allí. El ángel de la inspiración se me escapó, seguramente volaba tratando de auxiliar alguna otra alma literaria que se encontrara en el espantoso y pantanoso camino de la esterilidad. Conmigo no había nada que hacer, aquel ruso era todo acierto. Decidí salir a la vida de afuera, tomar aire, ordenar las ideas si es que para entonces me quedaba alguna.

—Toma tu tiempo —le dije antes de cerrar la puerta—, tienes razón, no es correcto que los libros estén en el piso.

95

Él, con un puñado de clavos entre los labios, me respondió:

—Las mejores historias de amor son cuando, después de tantos problemas, la pareja muere al mismo tiempo.

No pude resistir la tentación:

—Víctor, ¿cómo sabes tanto?

Se sonrió, de entre el manojo de clavos apareció el sol que los tornó como si estuviesen al rojo vivo:

—Es que me he pasado allí afuera, en la vida.

La Lima, 1978

Aunque Fernández aparentemente había salido del shock, Alejandra no se lo creía mucho, porque él continuaba leyendo la Biblia y los libros de los mormones de mil maneras, se los sabía con puntos y comas, hasta que llegó la triste mañana que ella intuía. Un jovial Fernández, bien rasurado, vistiendo ropa casual, salió del baño sólo para dejar caer, con sonrisa de quien descubrió la cura para los males planetarios, un «no más oficina, a partir de hoy voy a emprender la misión que me ha encomendado el Creador». Allí mismo en el comedor estaban todos, los tres hijos y la madre. Fernán, quien ya contaba con 17 años, fue el único que se levantó del comedor y salió haciendo un gesto de decepción. La madre le pidió a Fernández que se sentara, él obedeció con su sonrisa ensayada de gente feliz en el paraíso de los dibujos que les obsequiaban los mormones.

—Anoche tuve la revelación de que debo construir el arca, es mi segunda oportunidad para no desobedecer...

—No fue revelación —interrumpió la madre—, es un sueño que los que han estudiado estas cosas llaman recurrente.

—No —dijo el padre mirando hacia el techo—, es un mensaje que viene de allá. Debemos construir el arca, así todos nos salvaremos para la vida eterna.

A Alejandro, con sus apenas once años, le hizo ilusión la forma en cómo lo decía y el brillo de los ojos del padre:

—Sí, qué bueno, vamos a vivir en un arca, ¿cuándo vamos a comenzar, papá?

La madre, con una mirada, reprendió al niño por el entusiasmo:

—Ve a alistarte que se te hace tarde para ir a la escuela. También vos, Novarino, se te hace tarde.

Al quedar a solas, Alejandra una vez más intentó persuadirlo de lo descabelladas que eran tanto la idea de construir y vivir en un arca, así como la de abandonar su trabajo de supervisor.

—¿De qué vamos a vivir? Con sólo mi trabajo no nos va a alcanzar el dinero.

El volvió a la sonrisa aprendida:

—El Señor proveerá.

—Nos ha costado tanto llegar a este nivel de vida, y te vas a gastar los ahorros haciendo una tontería. ¿Qué va a pasar, qué van a decir los vecinos si nos ven viviendo en un arca? ¿Quién va a querer comprar un arca de tierra firme en caso de que nos quedemos sin un centavo y decidamos venderla?

—Nadie piensa venderla, pues pertenecerá a nuestro Creador.

—Por favor —pidió ella con voz persuasiva, casi de niña—, reflexiona, ¿de qué vamos a vivir si dejas tu trabajo? —El Señor proveerá.

Ella comprendió lo inútil que resultaría su esfuerzo de convencer a un convencido, miró el reloj de pared, dio un «se me hace tarde», se levantó de un tirón, se arregló y se marchó dejando a un sonriente Fernández caminando despacio alrededor de la casa calculando las dimensiones que tendría su proyecto.

Cuando regresó por la tarde Alejandra encontró su casa convertida en una ferretería. Él le dijo que al día siguiente empezaría a llegarle la madera y que también utilizaría la madera de la misma casa para amortiguar los costos. Ella no escuchó nada, se metió en la cocina. Allí llegó Fernán, hijo, con otra buena nueva, como dijo él, que para Alejandra resultaba nueva pero no buena:

—Mamá, me voy para Canadá.

—¿Qué? ¿Qué es eso? —inquirió una sorprendida madre. —Es un país...

—Lo sé —interrumpió al borde de estallar—, sé que es un país, estudié más que vos que sólo te has dedicado a andar de lugar en lugar. Además, no hace ni dos meses que saliste del ejército...

—Sí, pero ha sido aquí dentro del país, y aquí no se gana nada. En el exterior sí pagan bien y hay mucho trabajo.

—Hijo, pero vos no tenés edad...

—Claro —interrumpió la euforia del hijo—, en la alcaldía, con poco dinero, me cambian la fecha de nacimiento y ya tengo dieciocho.

—Pero no es correcto...

—Mamá —continuó él totalmente emocionado—, ya lo hice, es un grupo que vamos para Canadá, de allá vamos a regresar con dinero. Además, yo no quiero vivir aquí, papá está loco y va a hacer un arca de la casa, a mí me da vergüenza.

Alejandra cambió el rostro:

—Tu papá no está loco.

—Claro que sí, mamá, ¿por qué va a construir un arca? Yo no le voy a ayudar a una tontería como ésa, la gente se va a reír de nosotros.

—Tu padre no está loco, es algo temporal, se le va a pasar.

—¿Y ese montón de clavos, y herramientas? No, mamá, yo ya estoy grande, ya soy hombre. Mejor me voy para Canadá, desde allá puedo mandarte dinero para ayudarte porque ya sabemos que papá está loco.

Por segunda vez en el mismo día Alejandra supo que no podía convencer a otro convencido. Le dio la bendición al hijo y le anotó la dirección de ellos en una libreta que dio como recuerdo para que no los olvidara. Al día siguiente Fernán partió.

New York, NY

Aquel ruso era mi maldición. Odiarlo o no odiarlo, ése era el dilema. El, sin proponérselo, me estaba ganando. Algo que cada vez se hacía más imposible era ignorarlo. Con una simple teoría había acabado con mi sencilla novela de amor. «El amor es complicado», esas cuatro palabras de aquel ruso rebotaban en mi mente como bolas de billar descontroladas. Y allí estaba yo en el mismo lugar en donde aquel ruso había aprendido cuanto sabía, en la vida de afuera. A pesar de la semana transcurrida desde que el ruso me expulsó de la historia de Alejandra, no encontraba antítesis que pudiese rebatir que el amor no era complicado. Empezando por mí mismo: dos veces divorciado y como con mil cicatrices, unas más visibles que otras, garabateándome el corazón.

A lo mejor en alguna parte exista el amor descomplicado. Pero no en una ciudad, en un pueblo, en algún lugar donde habiten más personas que la pareja predestinada para ese amor descomplicado. Y depende también de la pareja, si uno de los dos lleva fantasmas del pasado éstos aparecerán en cualquier momento, en una comparación indebida o algo así y la historia dejará de ser sencilla y lineal. Eso quería yo entre Alejandra y Fernández, una vida lineal, por eso la intención era que la novela no saliera de La Lima y concluyera una bonita tarde debajo de aquel árbol impregnado de la magia colegial. Pero no, ni siquiera la soledad de una pareja desemboca en la anhelada paz, eso ya se había confirmado hacía mucho tiempo y yo no había reflexionado acerca de ello, Adán y Eva estaban solos en el Edén y de allí en adelante todos sabemos lo que pasó hasta culminar en el diluvio.

Juro que aquel día ya tenía todas las herramientas para comenzar y darle punto final a mi historia de amor en La Lima. Y de pronto el maldito ruso. Y yo también soy culpable por escuchar a cualquier idiota creyendo que puedo saquearle algo para mis propósitos literarios. De no haberle escuchado no me habrían asaltado mis propios recuerdos a martirizarme, a gritarme, el amor es complicado. Y no me hubiese importado, porque en verdad eso no me interesa, si la novela era pasada de moda, verosímil o inverosímil, o cualquier estupidez que se le ocurriera opinar a alguien acerca de ella. Nada me habría enfadado ni decepcionado, en mi cerebro ya se archivaba y visualizaba lo bello que sería todo: La Lima, que entonces no era la pequeña ciudad en crecimiento sino un pequeño pueblo de puertas de par en par, sin ladrones, un vecindario que se protegía entre sí, aunque no existía por qué ni de quién protegerse. Los niños parecían hijos de todos los adultos, se les aconsejaba y reprendía, y ése no era motivo para que ninguna familia se distanciara de otra. Esa era mi visión, equivocada o no, de la futura historia por escribir. Pero el desgraciado ruso.

Sí, el maldito ruso, mi fantasma. Deseaba tener deseos de odiarle, pero casi siempre tenía razón, incluso, en cosas triviales como la de que los libros en el piso me robaban espacio y entre más orden, mejor era el sitio para escribir. Y así lo dejó, todo completamente reparado, él mismo se encargó de colocar los libros en el nuevo librero, y se tardó el menor tiempo posible con la sana intención de no interrumpir mi desbordante creación literaria.

Por otro lado, aquel ruso como que nació exclusivamente para que yo no escribiera. Desde que lo conocí no hizo sino hacer cosas que me desanimaban y apagaban mi impulso de comenzar con mi novela. Sentí la mala vibración que le causaba a mi obra desde el momento en que sin más se atrevió a pedirme que escribiera su vida, aunque fuera un fragmento de su insulsa vida, de su desgraciada vida. Quizá por este pelo de erizo nunca escriba mi tierna historia de amor entre Alejandra y Fernández, pero tampoco jamás escribiré ni una palabra, ni siquiera condenándolo, porque es él y nadie más quien me tiene aquí, en la vida de afuera, en este bar, solo como un misil extraviado, deseando llegar a cualquier lugar en donde estalle toda esta puta rabia.

La Lima, 1981

Nadie sabía qué era aquello o en qué culminaría. Fernández no perdía tiempo dándole explicación a los curiosos. Alejandra solamente les respondía: «Estamos remodelando», lo que con astucia repetía Novarino. Alejandro era el único quien, una que otra vez que le preguntaban, decía la verdad: «Estamos construyendo un arca». Y los curiosos reían porque los muchachos en edad de adolescencia decían muchas tonterías. Y él se reía con ellos.

Resignada a que sus palabras para disuadir al marido de semejante empresa no surtirían ningún efecto, Alejandra optó por negociar ciertas cosas: a) Era una obligación que el carpintero comiera, aun cuando ella estuviese en el trabajo, si no se moriría de hambre y no cumpliría con el Mandato Divino, de allí que iría derechito al infierno; b) Trabajos sonoros serían diurnos, mientras ella se encontraba en su trabajo: martillear, serruchar, etc. No producir ruidos que a ella le pusieran los nervios de punta; c) El carpintero no trabajaría el domingo puesto que Dios descansó el séptima día, contradecirlo podría acarrearle funestas consecuencias; d) Días festivos, o que por equis motivo ella no asistiera al trabajo, el carpintero debía dedicarse al pensamiento o al diseño, pero ninguna labor, por mínima que fuera, que ocasionara ruido.

103

Así iban pasando los días, Alejandra dejaba la comida preparada para que Novarino, quien la llenaba de orgullo y esperanza por ser el único a quien se le veían grandes deseos de estudiar y ser alguien en la vida, terminara de cocinarla al regresar del Instituto Patria, y alimentara al carpintero y a su hermano mecánico, al regresar del trabajo ella corría a los curiosos que rodeaban al carpintero. Fernández calculaba con precisión la hora de llegada de ella para que ni a distancia la alcanzara un martillazo. Ella, paciente, aun cuando miraba la evolución que daba la construcción, esperaba a que a mitad del camino Fernández reaccionara y en vez de un arca construyera una casa. Mientras no le diera forma de arca ella se ilusionaba en que podría hacerse una casa más grande con una forma extraña pero bonita, y se preparaba para las eventuales explicaciones a los vecinos, les diría que se trataba de una casa moderna como de las que sólo existían en Tegucigalpa, la capital.

Para Alejandra sólo dos cosas no eran rutina: cuando pensaba en la posibilidad de que el esposo volviera a tener contacto con la realidad; y cuando Novarino se aparecía con el uniforme del Patria. Ella se iba al pasado, recordaba a Fernández esperándola debajo del árbol del corazón flechado. Se preguntaba cómo era posible que el tiempo y las circunstancias transformaran a una persona de tal manera que pareciera otra. A veces se culpaba, pensaba que quizá eso tenía que ver con los nombres con que el ser humano nace y ella le había quitado el Eulalio a Fernández. Tal vez debido a ello era que, a Fernán, el mayor, no le dio por estudiar, Alejandro, el menor, acababa de hacer a regañadientes el sexto grado y no había manera de que continuara, sobre todo con un padre que estaba sin estar. Y tal vez Novarino, por tener un nombre que nació de la equivocación pero sonaba bien, era aplicado en todo, aprendía cada vez más inglés, y ya hablaba de irse a vivir a la capital a coronar una carrera universitaria.

104

La tarde de un sábado la madre volvió a sentir alegría como ya tiempos no la sentía. Un taxi se detuvo frente a su casa, bajó un hombre joven con anteojos oscuros, vestido como lo hace la gente que viene de lejos:

—¿Cómo le va señora? ¿Tiene algo de comer que pueda invitarle a este viajero?

«Esa voz», le dijo la voz de ella a su mente y fue entonces cuando lo reconoció. Lo abrazó, lo llenó de besos, y él miró que ella hizo algo que nunca la había visto hacer, llorar. Y él la besó pero no quiso quitarse los anteojos. Allí estaba Fernán saludándolos a todos.

—¿Dónde habías estado? —le preguntó el padre mientras tomaba medida a una madera—. Llegas a tiempo para que me ayudes a terminar el proyecto.

Por toda respuesta Fernán miró a la madre, ella volvió a abrazarlo y lo condujo dentro de la casa.

—Pero mamá, ¿cómo le has permitido?

—No había manera de convencerlo. Tal vez cambia de idea y se decide por hacer una casa —dijo la madre.

—Pero dentro de poco esto ya irá tomando forma y, ¿qué va a decir la gente cuando sepan que es un arca y ni cerca del mar estamos?

—Tengo fe en que va a reaccionar.

del carpintero que realizaba trabajos silenciosos, cómo era Canadá. Un país enorme, Montreal era increíble, él trabajaba en una fábrica y le pagaban bien, incluso, sabía hablar francés.

—Yo estoy aprendiendo inglés —le dijo Novarino—, me podrías enseñar un poco de francés para...

—Bueno —interrumpió un avergonzado Fernán—, sé pero no tanto como para enseñarle a nadie sino saludar, pedir comida, conocer a una muchacha, hacer preguntas, pedir cerveza...

—¿Cerveza? —se asustó la madre.

El rió:

105

—Vamos, mamá, ya soy un hombre, he vivido solo mucho tiempo en Canadá —se dirigió a Novarino—, ¿y vos ya te tomas tus cervezas?

—Todavía —respondió sonriendo— no tengo tiempo, estudio y trabajo porque ya ves cómo está papá.

—Pobre mamá —se lamentó Fernán.

—Yo sí ya probé cerveza —dijo emocionado el mecánico.

—Ya, vos te callas —lo amenazó la madre—, ya te dije que si volvés a las andadas te voy a quemar el pico.

Fernán quiso saber y Alejandra le contó la anécdota del día en que los del taller de mecánica emborracharon a Alejandro y anduvo que casi caía al suelo y diciendo disparates. La risa de la familia inundó el hogar, como hacía mucho tiempo no sucedía.

New York, NY

El tiempo pasaba y yo no arrancaba, por tanto decidí volver a mi vida normal, si es que existe un escritor, que se precie de serlo, que logre tener una vida a la que se le llame normal. Si es un escritor sin éxito, la falta de éxito lo incomoda y si tiene en exceso también cae en otro tipo de frustraciones, como la del miedo de volver a escribir por no superar o sostener la calidad de la obra anterior. Entonces podría decirse que intenté llevar una vida de ciudadano común, no de escritor. ¿Puede alguien olvidarse de lo que es, cuando lo es por pasión? En mi caso una semana, sí, no pensé en personajes, en teorías literarias, en lo que había sucedido con mis obras anteriores ni en lo que escribiría en el futuro. Me encontré un par de veces con el ruso y lo saludé así como lo saludaban los demás, lo mismo con Charlie y con la gente que conocía, ellos, seguramente, notaron que el escritor me había abandonado o, lo que es mejor, al fin me había deshecho de él. Los saludaba y ellos, creo, me respondían como lo harían con cualquier otro del vecindario que tiene trabajos comunes y nada que ver con el arte y las letras. Y digo que *creo* que fue así porque no me acuerdo, en caso de que lo haya hecho, qué hablé con ellos, pues pasé la semana bien borracho.

El lunes siguiente de esa semana en la que dejé de ser, me presenté a la oficina. Iba programado para asumir con toda calma a mi despido, no llamé a Mr. Simón para pedirle permiso, no dije nada a nadie y desconecté el teléfono para incomunicarme del mundo, yo era el único culpable. Llegué temprano y comencé por revisar las gavetas de mi escritorio, a realizar trabajos inconclusos y tener el honor de que me despidieran trabajando.

Ya concentrado en una traducción sentí los ojos azules de Mr. Simón sobre mi rostro. Levanté la vista, le di el buenos días, él me lo devolvió y supe que era mi turno, pero él no me dejó hablar:

—¿Enfermo o inspirado?

Me tomó fuera de base, pensé que ni lo uno ni lo otro, afortunadamente la respuesta apareció sola: —Mitad y mitad.

La sonrisa de Mr. Simón contrario a alegrarme me entristeció, no era sonrisa de alguien que va a despedirlo a uno. Se quedó allí, dándome un nuevo turno. No mentí sino que volví a ser el escritor que era e inventé:

—Los primeros tres días un resfriado que casi me mata, y los demás, mientras me recuperaba, veinticinco páginas de mi nueva novela.

—Wow! —exclamó el gringo—. Deberías resfriarte más a menudo.

Y vi que quiso preguntar algo más, se detuvo, nunca olvidaría lo de la mala suerte, aproveché para decirle bromeando:

—Ni preguntas ni fotos, Mr. Simón, eso sí, le adelanto que usted estará en la novela, ¿cómo? No se lo voy a decir, pero que estará, o ya casi está, no hay duda.

El gringo sonrió ruborizado, dio media vuelta y se dirigió hacia su oficina. Dije que aquello me dejó triste porque allá en el fondo de mi ser, deseaba perder el trabajo, podría que ello me inspirase, viéndome sin dinero ni para cubrir mis gastos básicos me obligaría a escribir una novela con la esperanza de obtener algún dinero para pasar el temporal mientras escribía la que me resolvería mis problemas económicos de por vida. Pero desgraciadamente era un escritor con suerte, no ocurría nada que me sacudiera al extremo de plantarme obsesivamente frente al ordenador y escribir y escribir hasta llegar a algún sitio.

Ese día fue particularmente desagradable. Al llegar a mi apartamento, allí en una pequeña y destartalada oficina me aguardaban el ruso y Charlie, bebían vodka y me invitaron, les acepté nada más un trago, para no quedar mal. Apenas me senté comenzaron a reírse de la cantidad de barbaridades que dije durante la semana de trance. El ruso estaba completamente eufórico, el sol de su boca salía más iluminado que de costumbre, Charlie fue quien me contó lo que había dicho, que sobre el maldito ruso no escribiría nada porque a quién iba a agradarle un ruso panzón con un diente de oro y pelo de erizo, que si aparecía en mi novela en algún momento de la misma debía morir. Y fue esto que emocionó al ruso, él, allí mismo, teniendo a Charlie de testigo, me dio permiso para matarlo.

Aquello me asustó más que el hecho de que no me hubiesen despedido, porque por mucho tiempo había logrado que el ruso poco a poco se fuera decepcionando de la posibilidad de aparecer en uno de mis libros, ahora estaba de vuelta y con más fuerza. Llegó al extremo de felicitarme por la descripción que de él hice, dijo que era cómica y que él sería uno de los personajes favoritos de los lectores y que cuando muriera muchos quedarían tristes y otros no seguirían leyendo el libro.

Bebí el trago a lo ruso, era alucinante toda aquella historia, no podría soportar una anécdota más o al ruso recordándome que tenía licencia para matarlo, sin explotar en santa ira.

La Lima, 1982

Pocos meses duró la estancia de Fernán en La Lima, por un lado, el pueblo ya le quedaba muy pequeño y se sentía extranjero, por otro no quería vivir en un arca, le avergonzaba sólo la idea de imaginar aquella gran arca en medio de casas normales y lejos del agua. Además, él, según su propio decir, había nacido para vivir en otras tierras y sin documentos. En Canadá tuvo oportunidad, a través de una novia, de obtener la residencia, pero la legalidad no era para él.

Aunque en principio los destinos posibles eran embarcarse en la vida de marinero o tocar tierra firme en los Estados Unidos, las noticias le dieron un giro total y decidió irse a la Argentina. Los rumores de guerra llegaron hasta sus oídos y quería un poco de acción. Se enteró de que Inglaterra quería invadir las Malvinas, unas islas que pertenecían a Argentina, y, aunque no estaba seguro si en verdad pertenecían a ellos o a los ingleses, decidió por pura solidaridad latinoamericana ir a combatir al lado de los argentinos. Como había ahorrado lo suficiente en Canadá y no era muy dado a gastos innecesarios, aún poseía dinero para viajar por avión a Buenos Aires.

A su familia no le dijo que iba para la guerra sino a recorrer el mundo en alta mar. El vio a su madre llorar por segunda vez, Alejandra presintió que ésa era la última vez que miraría a su hijo. El trató de consolarla poniéndole el ejemplo de que le había ido bien en Canadá y así sería donde quiera que fuera.

El padre sólo le dijo:

—Cuídate, a tu regreso ya estará terminada el arca.

Él tuvo que fingir satisfacción:

—Estoy seguro, me encantará navegar en ella.

Sin enojo y sin ironía Fernández respondió:

—Así es, Fernán, algún día navegará.

Él y Novarino se abrazaron:

—Aprende inglés, para cuando regreses hablemos y nadie nos entienda. Sería divertido, ¿no te parece?

—¡Imaginate! Podemos hablar mal de muchos en sus caras y no se darán cuenta.

Cuando Alejandro iba a abrazarlo, Fernán dio un salto atrás al verle la ropa engrasada:

—No, no, mi mecánico, a lavarse y cambiarse de ropa si es posible. ¿No ves cómo estoy de elegante para que me vengas a arruinar con esas toneladas de grasa?

El mecánico se rió, dio un «ya regreso» y corrió hacia el baño.

Al mes de haber partido Fernán estalló la guerra de las Malvinas. A nadie de sus familiares en La Lima le interesaba aquella guerra, veían las noticias por televisión, oían la radio o veían los periódicos más por curiosidad que por otra cosa, daba lo mismo quien perdiera o ganara aquella guerra.

Al tiempo llegó un sobre a manos de Alejandra. Ésa era la primera carta que recibía en su vida. Al abrirlo se dio cuenta de que eran dos cartas, una venía abierta y la otra sellada. Leyó primero la abierta, se trataba de un tal soldado Pedro Andahazi, veterano y sobreviviente de la guerra de las Malvinas, quien le decía que lamentaba mucho la caída de su hijo en combate, «quien demostró ser un valiente defensor de América Latina», que para ellos era un héroe, que «el pueblo de Argentina se solidarizaba con sus lágrimas de madre». Que la carta sellada se la había dado Fernán luego que él, Andahazi, tras sobrevivir a una mina personal, fue devuelto a Buenos Aires. Fernán le había dicho: «Mira, Andahazi, si no sobrevivo envíale esta carta

111

a mi familia a Honduras, te lo agradeceré toda la muerte». Y él había retenido el sobre porque le dolía ser portador de tan malas noticias, pero Fernán se le aparecía en sueños preguntándole cuándo enviaría la carta.

La madre no acababa de entender todo aquello sino cuando abrió la otra carta y reconoció de inmediato la letra:

Querida mamá:

Perdóname por mentirte, lo que te dije que iba a embarcarme fue una mentira porque ibas a sufrir si te decía que venía a unirme al pueblo argentino para pelear por su soberanía. Le pedí a Andahazi que te entregara esta carta sólo cuando estuviera seguro de que yo no había sobrevivido. La guerra es terrible, siento ese horrible ruido de los aviones y las bombas, si los que hacen la guerra se dieran un día para meterse ellos dentro del campo de combate de seguro que lo pensarían más antes de comenzar una...

Alejandra lloraba a medida seguía leyendo, la carta era más extensa pero no se reproduce íntegra aquí porque ésta no es novela sobre la guerra.

New York, NY, 1999

De tanto darle vueltas al asunto concluí por convencerme de que quizá el problema para que la novela no se escribiera era mi apartamento. Aunque a mí me gustaba para otras cosas: leer, hacer el amor, ver películas, para escribir no debería de ser bueno, ¿por qué? Encontré la respuesta, ¿cómo va alguien a escribir en un apartamento en donde se ha hecho tantas veces el amor y el sexo, donde han venido colegas escritores a hablar mal de otros colegas, donde han pasado ríos de licor? En un apartamento en donde, como diría un amigo, se ha pasado del onanismo a la barbarie, las sencillas historias de amor no podían, por más que se quisiera, tener espacio. La mala vibra se pega en los lugares, queda allí por mucho tiempo, por ello, y no por otra cosa más es que a los artistas les gusta tener su estudio separado del lugar donde se vive.

A todo aquello había que agregarle que son apartamentos rentados, ¿la mala vibra de quién pudo haberse quedado congelada para la eternidad en aquel edificio centenario? No, los personajes no nacen de la nada, tienen vida y de acuerdo a dónde se les cree van a comportarse, es imposible una sencilla historia de amor en lugares que tienen reputación de bohemios. ¿Cuántos artistas antes que yo habrían habitado aquel pequeño espacio? Quizá el fluir de las drogas y todo tipo de sexo se practicó en aquel lugar, ¿quién puede negar que alguno de tantos satánicos vivió allí y convocó noche a noche a las fuerzas del mal? ¿Y qué tal si mataron o murió alguien en él? Y quizá esa alma en pena esté allí con uno estropeándole la mente, tal vez necesita de velas y oraciones para marcharse. Puede ser y uno tendría que liberarlo y en premio el alma en ex pena pueda recompensarlo a uno dándole torrentes de ideas y mucha imaginación, pero, ¿cómo se libera un alma del territorio de las penas?

Sin duda, debía encontrar un sitio para escribir sin que me rodeara ese tipo de vibraciones. No tenía tanto dinero para reemplazar mi antigua computadora por una portátil, y poder así escribir al aire libre, en una plaza o en un parque. La única alternativa que me quedó fue escribir a mano. Me agencié una libreta tamaño carta y dos bolígrafos, y me dirigí a un parquecito cerca de mi apartamento por el que caminaba a diario, se miraba ideal, se trataba de la paz personificada que necesita un creador para emprender grandes obras. Me sentía tan feliz de haber dado con la piedra filosofal que, en intento de burla y celebración, me imaginé a mí viéndome desde la ventana partir feliz por entre el jardín con mi libreta empuñada y los bolígrafos en ristre. «Adiós, maestro», me dije y sonreí.

La Lima, 1982

La construcción del arca continuaba, aunque no con la prisa que a Fernández le hubiese gustado. Alejandra agregó otras cláusulas al acuerdo en el que prohibía el trabajo nocturno y el descanso del carpintero se extendió a sábado y domingo. Para cada fin de semana Alejandra inventaba algo nuevo: un picnic, viaje al río, tardes de fútbol, camping en montaña, días de playa y todo cuanto se le ocurría que podía hacerse dentro y fuera de La Lima. Sólo así era capaz Fernández de dejar de hablar del arca y, aunque su conversación era cada vez más escasa, por lo menos escuchaba con atención lo que le contaban su mujer e hijos.

Novarino había cumplido ya los veintiún años y Alejandro rondaba los quince. Fue precisamente una tarde de picnic, mientras asaban la carne, que Novarino le confesó a la madre que pronto se iría para Tegucigalpa, allí continuaría sus estudios en una carrera que le gustara y regresaría siendo un profesional. Aun cuando el viaje era dentro del mismo país Alejandra no dejó sus intentos de conquistarlo para que estudiara una carrera distinta en una universidad cercana a La Lima, pero ya la decisión estaba tomada, Novarino quería volar.

Fernández no hizo sino encogerse de hombros, tal como hacía desde que comenzó a construir el arca. Alejandro se ilusionó en que cuando Novarino estuviera instalado lo llevara

115

para que estudiara en una de las academias automotrices de la capital. Esto lo sabía porque el propietario del taller había estudiado en una de ellas y les contaba a los boquiabiertos mecánicos las maravillas de esas academias.

Novarino partió dos meses después, para entonces el arca ya estaba tomando forma. Al principio núcleos de estupefactos vecinos se reunían a ver por horas seguidas a aquel solitario carpintero, sin atreverse nadie a ofrecerle ayuda. Cuando al fin detectaron que se trataba de un arca, las preguntas no se hicieron esperar: ¿Cómo haría para llevar un arca tan pesada hasta el mar? ¿Que si leer tanto la Biblia lo había hecho creerse que él era Noé? Alejandra respondía con evasivas hasta que se cansó de buscarle la vuelta al asunto, tajantemente empezó a responder: «Es un encargo de Dios». Surtió efecto, las preguntas se desvanecieron, la mayoría, de raíces religiosas muy arraigadas, no se atrevían a contradecir ni burlarse por la duda de que podía ser cierto, y de ser verdad y ellos burlarse del carpintero, Dios lo podía malinterpretar como que se burlaban de él y por allí podía comenzar la primera de las siete plagas.

No obstante quedaban los convencidos de que Fernández estaba loco, a Alejandra la martirizaba, al carpintero no porque ni siquiera se enteraba de que era con él, algunas veces cuando, especialmente los sábados por la madrugada, pasaban grupos de borrachos cantando a coro: «El arrrrca en que me iréeeee... lleva una cruuuz de ooolvido... lleva una cruuuz de amoooor...».

New York, NY

Abrí la libreta, la amenacé con el bolígrafo. Me distrajo un niño que se acercó a mí siguiendo un balón, el padre y la madre lo esperaban sonrientes, él se caía a propósito tratando de pararse en el balón para que los padres le celebraban con risas y diciéndole ¡cuidado! La escena me llevó a pensar en si valía la pena perderse en un laberinto de personajes desconocidos intentando hacer una novela o era mejor ver la vida desde donde la veía aquella pareja. Imaginé, en el caso de que se hayan fijado en mí, que uno de los dos, horas después, haría memoria de ese paseo y le diría si recordaba cuando el niño fingía caerse, cerca de aquel pobre hombre solitario que miraba una hoja en blanco y con el bolígrafo que no lograba llegar al papel. Quizá la respuesta del otro sería qué pena, pobre hombre, ¿de dónde será? ¿Qué intentaba escribir? Quizá alguna carta a sus familiares mintiéndoles de que le va muy bien, que tiene un gran trabajo, le pagan bien, que ha comprado auto nuevo y está por adquirir una casa, y que es muy feliz y que pronto llegará con cantidad de dinero y regalos, tal vez les manda a pedir una lista con lo que quisiera cada cual que él les llevara y es posible que esté tratando de escribir esa carta simple y sencillamente porque está desempleado, no tiene un centavo en los bolsillos y la única manera de posponer el suicido es ilusionando a los suyos.

Vi que la madre del niño me dio un vistazo de reconocimiento, como asegurándose de que no tenía pinta de peligroso ni pordiosero, pero aún así aquella banca era demasiado grande para una sola persona. Una persona sola no debe sentarse en la banca de un parque, las construyen demasiado grandes y eso hace que quienes pasan miren al sentado más solo de lo que en realidad está. ¿Por qué en todos los parques, o al menos en la mayoría de los que yo he conocido, no hacen bancas individuales? Seguro que no es para una sola persona, es probable que sin enterarse quienes las construyeron quieran que si alguien está solo pueda ocurrirle el milagro de que otro solo se siente a su lado, pero esto en las grandes ciudades casi nunca pasa, no porque la gente no quisiera sino porque se temen unos a otros. El padre me miró después de la madre y medio se sonrió tanteando si yo respondería, le sonreí y él terminó de sonreirme y me hizo una venia con la cabeza. Yo dirigí los ojos hacia el niño haciéndoles saber con tan pequeño gesto que a mí también me divertían los niños, especialmente el de ellos.

La familia continuó su paseo al cabo de unos minutos y me dijeron adiós, incluido el niño. Volví los ojos a aquel desierto, sí, porque así sentí aquella página en blanco, como un desierto imposible de recorrer sin encontrar un oasis antes de morirse. La tarde estaba fresca, era un día hermoso como para hacer cosas bellas. Al no hallar el extremo de la madeja de donde se parte para desenrollar una novela empecé a escribir mi nombre a manera de precalentamiento, inconscientemente pasé de escribir mi nombre a firmar una y otra vez como a quien le solicitan una caravana de autógrafos. Al tiempo ya el desierto estaba poblado pero de unas firmas que no decían nada a nadie, ni siquiera a mí. ¿Por qué a alguna gente a solas le da por escribir una y otra vez su nombre? Debe de ser para reafirmarse que uno existe, puede que sea el canal para escaparse de una muerte en vida, por estar insatisfecho con lo que se es y se ha sido, para decirle al subconsciente por lo menos tienes un nombre y eso ya es algo.

Sí, yo solamente poseía el nombre que se desfiguraba en la medida en que impulsivamente firmaba una y otra vez encima de lo ya firmado y cada vez más mi nombre se entendía menos, hasta quedar en una cantidad infinita de rayas sin sentido que simulaban cactus negros comiéndose el desierto. Miré aquella página en negro y tuve tremendos deseos de llorar.

Cerré la libreta y miré a la nada, porque para mí ni los árboles, ni las calles, ni la gente que a la distancia pasaba, ni la banca en que estaba sentado, ni siquiera yo, existía. Me convencí de que el parque o los lugares despejados no son el mejor sitio para escribir, pues fluyen las ideas y tropiezan entre sí el mundo de afuera y el de adentro, entonces viene el autointerrogatorio de lo que sería mejor, abandonar uno de los dos mundos y quedarse con uno nada más, pero, ¿por cuál decidirse? ¿Qué hace un fantasma en el mundo de afuera? ¿Y qué hace alguien plagado de excesiva realidad en el mundo de adentro? Indudablemente que uno y otro mundo se complementan. No sea que vaya a quedar como Borges, porque, aunque ahora traten de desmentir y decir que no fue él quien escribió ese poema al arrepentimiento, para quienes lo leemos es y será de Borges, aún cuando él no lo haya escrito, porque lo creímos, lo sentimos, lo vivimos y lo lamentamos, el poema es y será de Borges, si existe alguien a quien se le acredite el haberlo escrito esta persona no fue nada más que una extensión de Borges. Y yo no quería quedar como él lamentándome por haberme hecho prisionero del mundo de adentro, pero tampoco quería quedar como otros colegas lamentándome por no haber podido hacer nunca nada en ese mismo mundo.

Cerré el desierto negro y preferí meditar. ¿Cómo era posible que yo estuviese escribiendo a mano en un mundo tan moderno? Seguramente por allí habría escritores con todas las comodidades escribiendo cosas mediocres y felices de su mediocridad. Y me reproché por estar intentado escribir en una libreta con bolígrafo al final del milenio. Al reprenderme di con la razón por la que la novela no se dejaba escribir, todo estaba tan claro y yo buscando la verdad en territorios equivocados. Se trataba de un efecto de autodefensa de la novela misma, ¿de qué servía escribir una novela el último año de un milenio? Tomando el tiempo que cuesta pulirla y el de publicarla aparecería al milenio siguiente, desde que el lector la viera diría con sorna: «Ah, una novela del milenio pasado». Con una confesión así los personajes envejecerían de súbito y por tanto se les daría ya por sepultados. Entonces todo se redujo a que no era mi culpa sino efecto de autodefensa de la novela misma de no querer escribirse para que la asesinasen por error de cálculos al momento de nacer. Y tampoco quería ser un escritor del milenio pasado. Dejé la libreta y los bolígrafos en la banca a propósito, para que se los llevara alguien que le apasionara la antigüedad.

La Lima, 1984

Desde que abordaron el autobús en Tegucigalpa hacia La Lima, Novarino supo que le quedaban cinco horas de trayecto para dar con la fórmula más adecuada que le permitiera explicarle a aquella gringa que iba a su lado, su novia, por qué en vez de en una casa su familia vivía en un arca. El primer chispazo que se le vino fue decirle que era una reliquia al tratarse de una de las arcas, la única sobreviviente en el país, en que llegaron los conquistadores españoles, que estaba lejos del mar porque en aquella época el mar llegaba hasta La Lima y con el correr del tiempo se había ido retirando. Ella no creería porque cómo podía la madera haber durado tanto tiempo, además era nueva, y seguramente no estaría aún finalizada y a su padre lo encontraría en plena faena.

También se le ocurrió contarle que su padre adoraba tanto La Lima que eso lo había hecho casi como un monumento en honor a la gran cantidad de limeños que se había embarcado buscando nuevos horizontes. Desechó esa idea porque la gringa le preguntaría que lo del monumento estaba bien pero era incorrecto y una falta de respeto vivir en el monumento: los monumentos eran para que la gente los apreciara no para vivir en ellos haciendo todo lo bueno y lo malo, lo vergonzoso y lo rutinario, que hacen los seres humanos. Le pondría de ejemplo, ya que se trataba de una gringa leída y viajada, la Estatua de la

Libertad en Nueva York, la Puerta de Alcalá en Madrid, la Torre Eiffel en París,

la Torre de Pisa en Italia o como lo fue el Muro de Berlín, y así por el estilo. Él no podría refutar aquello y su vergüenza se redoblaría.

La gringa le interrumpió el congestionamiento de las posibles salidas, le preguntó el porqué de tan preocupado y callado, pues nunca, desde que lo conoció, lo había visto tan distraído. Él se disculpó y se enfrascó en una conversación qué no le dejó ir más a las fuentes de las explicaciones posibles para que la gringa estuviese sobreavisada. A unos pocos kilómetros de La Lima, le dijo:

—Oye, Elizabeth, quiero decirte algo, para que no te asustes. La casa de mis padres es muy bonita, ellos tienen mucha imaginación. No te digo más porque quiero que sea una sorpresa.

Ella no insistió: era aficionada a las sorpresas.

Antes de que el taxi llegara al arca, la gringa se quitó las gafas oscuras y a medida se acercaban su expresión de maravillada engrandecía:

—¡Qué lindo barco! ¿Vives cerca de aquí?

—Sí —respondió buscando algo más que agregar.

—¿Adonde? —preguntó el taxista.

—En el arca misma —respondió Novarino.

—Oh, buena idea —se emocionó la gringa—, me encantará verla de cerca. Gracias Novarino.

El taxista miró por el retrovisor y dijo:

—¿Usted es el hijo de don Fernández que vive en Tegucigalpa?

—¿Lo conoce?

—¿Quién no lo conoce? Hasta en San Pedro Sula es famoso. Él es un artista. Me encanta lo que hizo —concluyó el taxista.

—Ésa era la sorpresa —dijo la gringa—, no me habías contado que mi suegro es artista.

Novarino lanzó una carcajada, que acompañó el taxista sin ser invitado, y añadió:

—Sí, es cierto. El viejo es un auténtico artista.

El taxi se detuvo frente al arca. Y mientras el taxista bajaba el equipaje, Novarino le dijo a Elizabeth:

—Esta es la casa de mis padres. Esta es la obra de arte de mi padre. Bienvenida a la única arca de tierra firme.

—Eres loco —se sonrió la gringa.

La puerta del arca se abrió y de ella desembarcó Alejandra, abrazó al hijo y lo besó una y otra vez. Nunca ha sido más acertada la expresión aquella de quedó boca abierta, así estaba la gringa, la boca abierta y el rostro entre el espanto y el asombro, y dentro de toda aquella expresión le apareció su lenguaje materno:

—Wow! It's wonderful. Oh, God! I think Fm in a dream.

Hasta entonces la madre se enteró de que su hijo llegaba acompañado. Alejandra miró a la gringa que continuaba extasiada viendo hacia arriba explorando el arca.

—Así es —le dijo Novarino—, estás en un sueño. Mi padre soñó que Dios le pedía que construyera un arca y viviera en ella, y como ves, ya casi está por concluirla.

—Sí —dijo la madre—, ahora trabajamos en pequeños detalles.

—¿Trabajamos? —preguntó incrédulo Novarino.

—Sí —se sonrió la madre—. En mis tiempos libres le ayudo a tu padre. ¿Por qué no? De muchas partes está llegando gente a conocer el arca. Hasta he puesto una tiendita en el interior del arca y nos va bien, los turistas pagan bien. Hay algunos que quisieran quedarse, aunque fuera por una noche y pagar como si fuera hotel, pero tu padre se opone porque dice que el arca no es para enriquecerse.

—Ella es Elizabeth, madre, mi novia.

—Mucho gusto —le dijo la madre y le tendió la mano, la gringa ignoró ese saludo y le dio un beso en cada mejilla:

123

—Somos familia —le dijo la gringa—, así se saluda a la familia.

La madre se sonrojó:

—Terminen de llegar, pasen.

Aquella gringa estaba desesperada, lo único que le interesaba era el arca, su fascinación llegó a tal grado que comenzó a recorrerla por su cuenta y riesgo. En la proa se encontró con un concentrado Fernández colocando pequeñas piezas en una de las paredes del arca.

—¿Usted es el artista?

Fernández se asustó y unos tornillos rodaron por el suelo.

—Lo siento.

—No, no, no es nada. ¿Sabe qué pasa? Me concentro tanto que pierdo la noción de dónde estoy.

—Así pasa con los genios.

Fernández sonrió con humilde sinceridad:

—Qué va, soy sólo un carpintero.

—¿Usted solo ha construido esta maravilla?

—No, por supuesto que no, el poder del Señor es el que ha hecho posible esto y, desde luego, la colaboración voluntaria de muchos vecinos, si no, imagínese, ¿cómo habría hecho yo solo para poner ese timonel tan pesado? Y tantas cosas...

—¿Y usted de parte de quién viene?

—De su hijo, soy la novia de Novarino.

Fernández se emocionó:

—¡Novarino está aquí!

—Sí, está con mi suegra en el primer piso.

Él le colocó una mano en el hombro:

—Vamos, vamos. Novarino está aquí.

El padre besó al hijo, a pesar de la edad. No era costumbre besar a los hijos después de que llegaban a cierta edad, era una ley telepática, tanto a padre como a hijo les incomodaba una situación similar. Novarino respondió al beso del padre con otro beso, y ambos estaban felices de que el reencuentro fuera así. Alejandra rebosaba de felicidad, hacía muchos años ya que no veía en Fernández tanta felicidad y atención por lo que pasaba en otro mundo que no fuera el arca.

Alejandro, el mecánico, ya no vivía en el arca, se había ido con una muchacha de un pueblo cercano y ejercía su vida marital con la misma pasión que reparaba autos. Alejandra le informó de cuanto había sucedido en esos dos años de su ausencia. Eso sí, era un mecánico amoroso, todos los fines de semana los pasaba con ellos, siempre acompañado de su mujer.

Una vez se hubo disipado la emoción de los saludos, la gringa le pidió al propio ex carpintero, ahora convertido en capitán, que le mostrara el arca en su totalidad. Así Fernández y la gringa dejaron solos a madre e hijo.

—Mamá, hay tantas cosas que no entiendo. Papá se ve muy bien, está hablando, se le nota contento y vos trabajando con él en el arca después que mirabas absurdo todo esto.

—Era el último recurso que me quedaba, unirme a él. Si eso no funcionaba lo iba a abandonar, que se quedara con su arca y con sus sueños. Le propuse ayudarle con la condición de que una vez que termináramos el arca buscaría un empleo. Es un profesional y ya tuvo experiencia trabajando, ahora hay muchos bancos en La Lima, bien podría ser supervisor de uno de ellos.

—Mamá, sos adorable —dijo Novarino abrazándola—. ¿Y Alejandro?

—No, él está muy bien, nació con suerte el desgraciado. No vas a creer que llegó una muchacha al taller con un problema en el carro, y no había nadie para que la atendiera porque ya era tarde, pero como a él le encanta estar en eso de sus carros, la atendió, se cayeron bien, y siguieron viéndose. Se ennoviaron, ella lo llevó a donde sus padres y les cayó bien el infeliz. Ahora, aparte de tener su propio taller de mecánica es también administrador de la hacienda de los suegros. ¿No habrá nacido con buena estrella? Lo mismo hubiera sido con Fernán, ¡ese muchacho! Cuanto me duele que nos haya abandonado tan temprano.

125

Novarino volvió abrazar a la madre:

—Es el destino, mamá. Es el destino —y le secó, con los dedos, las lágrimas—. ¿Te gusta mi novia?

La madre, aún con las huellas de las lágrimas, sonrió: —Sí, es muy simpática. Loca como toda gringa. —No, no es loca, es que así son ellos, cuando se emocionan lo expresan. Es una buena muchacha, vino aquí a trabajar por una temporada con gente pobre, pertenece a una organización que se llama Cuerpo de Paz.

La gringa y Fernández reaparecieron. Novarino aprovechó para contar cómo se conocieron, ya que se trataba de una pregunta reincidente: Fernández se la había hecho a la gringa y la madre a él.

Así contó cómo él leía sentado frente a la estatua de Cristóbal Colón, cuando la gringa se acercó a preguntarle por la estación del autobús. Él le dijo que también lo estaba esperando pero que tardaba una eternidad.

—¿Cómo te llamas? —le había preguntado la gringa.

—Novarino —había contestado él.

La risa de la gringa lo hizo cerrar por completo el libro:

—¿Hablas inglés?

—Sí, pero yo no te estoy hablando en inglés. —Claro, dijiste No body know.

—No, dije Novarino —aclaró él tratando de diferenciar una cosa de la otra, le mostró su carnet de estudiante y ella leyó.

—¿Qué significa? —preguntó ella. —

No body know.

Y ahora estaban allí todos riendo en el arca de la anécdota por la que comenzó aquel romance. Alejandra tomó la palabra recordando paso a paso el día en que pidió a los mormones que le dieran un nombre para bautizar al hijo a punto de nacer.

126

New York, NY, 1999

ismo la ciudad me parecía otra, y lo era. Tenía tiempos de estar en ella sin siquiera saberlo. Todo me parecía si no bello por lo menos imprescindible para que la ciudad pudiera ser lo que es, cada cosa tenía su razón de existir porque entre las cosas bellas y las supuestas feas logran esa gran sinfonía que se llama Nueva York. ¿Qué sería Nueva York sin el ruido de ambulancias, patrullas o bomberos? No había sonido que no me gustara: el ruido del subterráneo saliendo desde dentro de la tierra, era como un corazón latiendo aquel sonido, era como un canto para decirnos que aún estábamos en la vida.

No, una Nueva York sin negros o sin blancos, sin latinos o sin chinos o de donde quiera que fuese la gente que encontraba, era inconcebible. A mí me parecía todo perfecto, incluso, los llamados defectos de la ciudad. ¿Qué son los defectos? Las cortinas por donde sobresalen las virtudes.

Convencido de que no escribiría una novela de antemano pasada de moda, me sentía libre en el planeta, como si todos los países fueran mis países, y como si casi todos los humanos, porque en este tipo de producto sí debe tenerse sus reservas, fueran mis hermanos. Era libre. No me importaba en lo absoluto lo que pudiera suceder con Alejandra ni con Fernández, si se procreaban o no, además, no me interesaba La Lima ni Londres ni Viena ni París ni la Luna ni Júpiter, lo importante es que caminaba por mi ciudad, a la que debía cambiársele el nombre de Nueva York por el de La Ciudad, ¿y cuál otra?, para dar por

127

sobrentendido por qué, hasta los que hablan mal de ella, no dejan de admirarla.

Y así como el dinero llama al dinero, la suerte llama a la suerte, y la libertad atrae las cosas buenas, dos días después me llamó mi amigo Javier desde Bilbao, venía para Nueva York con sus hijos Pablo y Alfonso. Se disculpó como saben hacerlo los de Bilbao porque me pedía, si el tiempo me lo permitía, acompañarlos en su visita a Nueva York para ver la ciudad con los ojos de un auténtico neoyorquino. Esto me causó alegría, pues mi teoría de no escribir a fin de milenio se me reconfirmaba desde algún lugar del cosmos.

Allí estaba yo esperando en el lobby del hotel a los tres bilbaínos, que llegaron casi con una hora de retraso. Yo me alegré de verlos pero el rostro alimonado de Javier por hacerme esperar valía más que mil excusas verbales, no obstante se autocrítico unas cuantas veces por su impuntualidad. Cuando me cedió la oportunidad de decir algo, le expliqué que no importaba, que conocía las demoras en los avatares del tráfico neoyorquino, pero lo que sí me preocupaba es que los tres andaban de gala: traje con corbata, gemelos y no sé qué más.

—¿Se visten así para hacer turismo en Nueva York? —pregunté entre el asombro y la ironía.

—Bueno —dijo Javier—, es que somos clásicos.

Uno de sus hijos, Pablo, rió avergonzado:

—No, sólo es por ahora, venimos de una cena formal.

Alfonso, el menor, como para que yo viera que no era tan clásico, encendió un cigarrillo y sonrió mirándose el traje con deseos de meterle fuego.

—Solamente es una broma —dije—, cambien esos rostros, pero me siento incómodo vestido con esta pinta y ustedes así. Mañana me visto de traje para que nos confundan con Los Beatles.

—¡Nooo! —protestaron a coro.

Era tarde y estaban agotados, decidimos vernos un día después para retomar la nada fácil tarea de conocer Nueva York. Al día siguiente me fui con ellos por Times Square, les

128

expliqué que para todo turista y citadino era una obligación visitarla. A Javier le habían contado las maravillas del Barrio Chino, pero quien se las contó vio el mundo desde un segundo piso de un autobús de turistas, yo opté por que hiciésemos el recorrido con los pies sobre la tierra, mejor dicho, el pavimento, que en las grandes ciudades ha venido, desgraciadamente, a sustituir la tierra.

A mí me divertía todo, más parecía que el turista fuera yo. El entusiasmo de Javier por conquistar el famoso Chinatown impresionaba a cualquiera, por eso sugerí que tomásemos el subway, tal como lo haría un chinito para llegar a su empleo. Los ojos de Javier supervisaban cada detalle del subterráneo, de la gente que iba sentada y de pie. Hubo una estación en donde los negros y blancos brillaban por su ausencia, el amarillo lo dominaba todo. Chinas y chinos hablaban en sus respectivos idiomas y los bilbaínos no podían esconder el rostro de sorprendidos. Finalmente llegamos a Canal Street. Yo estaba feliz por complacer a mis amigos.

Al salir de la estación un río amarillo nos envolvió, Javier miraba a un lado y otro, como desde el centro de un remolino, intentando no perderse en aquella multitud. Una vez hubo tomado el ritmo miró las cosas menos difíciles. De pronto inclinó la cabeza hacia atrás, las aletas de la nariz se le abrían con más fuerza a cada paso que dábamos. Inevitablemente tuve que pensar en lo que no quería, esa búsqueda del olor tal como la hacía Javier yo ya la había visto, sí, era ni más ni menos como un personaje de una famosa novela sobre el perfume. Y allí, precisamente, olía profundamente a pescado muerto y vivo, pulpo asado y hervido, tiburón en ardiente aceite y langostas consumiéndose en algún fuego. Hasta allí llegó la pasión de Javier por los chinos. Casi al borde de desmayarse me suplicó que por favor lo sacara de allí cuanto antes.

Javier llevado de un lado por Alfonso y del otro por Pablo, siguiendo yo de guía buscando el camino más corto para escapar de aquel contacto en China que a Javier le supo como el infierno.A mí me pareció divertido todo aquello. Javier no pudo casi ni probar bocado los dos días que siguieron a la tarde de los chinos, llegó, incluso, a quedar un día en cama sin salir del hotel. Su hijo mayor, Pablo, dijo medio en broma que yo debería hacer referencia a este episodio en alguno de mis libros. Dudé en volverlos a acompañar.

El Village, 1999

Llegué temprano a casa porque los bilbaínos desearon visitar la Estatua de la Libertad, y no quise acompañarlos. Ir a la Estatua ya no me entusiasmaba, quizá las únicas dos veces, de las tantas que he ido, que me emocionaron fue la primera vez y la segunda con mi hijo. Por supuesto, no fue la Estatua sino ver cómo ella, la Estatua, ponía de contento a mi hijo.

Allí, en el jardín, estaban el ruso y Charlie como acechándome. Me detuve a conversar con ellos, después de todo hacía días que no nos encontrábamos. Además, ya no me incomodaba el ruso ni nadie, solamente tenía que decirme a mí mismo, ¿para qué escribir una novela a final de milenio? Era absurdo, lo más acertado e inteligente era empezar una a comienzos del nuevo milenio.

—Te veo diferente —me dijo Charlie

—¿Cómo así? —me sonreí.

—Te ves bien, jovial, feliz.

Aquello me alegró infinitamente, con ello me decía que me había desprendido del demonio que me persiguiera por tanto tiempo poniéndome uno y otro obstáculo para que yo no escribiese.

—Sí —dijo Víctor, el ruso, quien, cuando Charlie hablaba, sólo se limitaba a aprobar o a negar según Charlie lo hiciera, y dejó salir el sol de su boca.

—Ha de ser —continuó Charlie— que has de haber terminado la novela sobre Alejandra y Lelulalio.

—Eulalio —corregí—. Sí, así es —contesté sonriente.

—¿Cuándo? Porque yo no te he escuchado trabajar. El escritor escribe en el papel. Ah, ya sé, la terminaste en la grabadora, en el cerebro.

Como estaba de buen humor no me importaba lo que nadie dijera, así más por seguirle la corriente que por el interés que en ello tenía, le dije:

—Ahora el escritor no sólo escribe en el papel, Charlie, también puede escribir en la pantalla, guardarlo en el disco duro o en un disquete, y tener allí su obra.

—Pero después tendrá que imprimirlo, y eso tiene que hacerse en el papel. La pantalla no cuenta, es sólo un vehículo para llegar al papel.

—En el futuro no habrá papel, se leerá en pantalla.

—¿Cuál futuro? —se enojó el viejo—. El futuro es hoy y lo que a la gente que lee le gusta es el papel. ¿Por qué tienes tú que preocuparte por el futuro? Preocúpate por escribir hoy en papel, ¿qué te importa a ti cómo salgan los libros de aquí a diez, cincuenta o cien años?

—Es cierto —dijo el ruso.

—Tu reto es hoy, poder escribir en el papel de hoy usando la pantalla de hoy. Es que tú no eres un gran escritor... Casi riéndome le respondí:

—No, aún no he salido en *The New York Times*. Los dos rieron. El ruso, para quedar bien con Charlie, extrajo de su morral una botella de vodka y la puso en la mesa. —Buena idea —aprobó Charlie.

El sol de la boca salió como para felicitarse a sí mismo. Víctor fue a la oficina y regresó con tres vasos plásticos. Yo estaba feliz, ¿qué más daba tomarme un trago con aquellos que jamás podrían entenderme?

Al calor del vodka nos fuimos internando en otras conversaciones, en donde el ruso sí participaba. Finalmente llegó el momento que los dos esperaban: ¿Por qué andaba yo tan alegre y si era verdad que había terminado de escribir la novela en el papel? Decidí no mentirles, ¿qué podía sucederme? Era dueño de una verdad absoluta y ésas no se contradicen:

—Estoy alegre porque he llegado a una feliz conclusión, algo que no tiene que ver con la novela pero sí con la escritura. De la novela no he escrito ni un renglón siquiera, ni lo escribiré —los dos me miraban muy serios—. Estamos en el último año del milenio, ¿de qué sirve escribir una novela en estas fechas? En unos meses ya será el otro milenio y una novela no se escribe de la noche a la mañana, luego viene la búsqueda de editor y después la demora que lleva revisar, publicar, distribuir el libro, llegaría al público al principio del nuevo milenio, y desde ese momento la novela no sirve.

Aquellas caras desconcertadas multiplicaban mi felicidad. Víctor tuvo un intento como quien va a decir algo, yo me dije «Di algo maldito ruso como aquel día que me desbarataste mi teoría sobre el amor. Di algo a ver si puedes contradecirme». Charlie se sirvió un nuevo trago y dijo:

—Bueno, parece que tiene sentido.

El ruso se rascó la cabeza:

—Sí, así parece —secundó.

Por fin sentí el triunfo coqueteándome, tenía derecho. Tanto tiempo sufriendo por algo que no debía escribirse, algo que desde su comienzo estaba destinado a fracasar. ¿Qué les importaría a los lectores del mundo, aun a los de La Lima misma, lo que sucedió en el milenio pasado con una pareja, Alejandra y Fernández, que imprimieron un corazón flechado en el tronco de un árbol como testimonio de un tonto amor que no sería sino los primeros meses y después a parir hijos que no llegarían a nada, obreros de compañías estadounidenses, diestros en sembrar y cosechar bananos? ¿A quién interesarían aquellos seres ridículos que discutían cosas cotidianas como los

133

nombres que les pondrían a sus hijos, mientras en el mundo real la tecnología hacía milagros, se perfeccionaba la maquinaria de la guerra, y el pensamiento humano poco a poco iba muriendo enredándose en microchips, quedando allí la inteligencia del futuro, en el teclear y creerse inteligentes por saber manejar aparatos tecnológicos? Nadie estaría pendiente de historias del ayer, a nadie causaría gracia y verían absurdo el diario vivir de un pueblo olvidado. ¿Para qué dejar testimonio de algo así? No, nunca podría ser siquiera un testimonio, porque el testimonio existe en la medida en que alguien lo escucha o lee, un testimonio al vacío, sin un receptor no es un testimonio sino el monólogo de alguien que quedó loco. El silencio de los dos me hacía ver con claridad la idiotez del futuro. Ellos, con su silencio, corroboraban mi teoría de lo inútil de escribir una novela el último año del milenio.

—El papel siempre será importante —dijo Charlie quizá por decir algo—, tendría que terminarse toda la generación que conoció el papel para no sentir nostalgia por él. El papel es algo que ya es casi parte del ser humano, a mí, al menos, si no me das un libro en papel no lo leo nunca. El papel es algo mágico.

—Los del futuro no pensarán así —aseguré.

—Así se ha dicho en otras épocas sobre cosas que no usaríamos en ésta.

—¿Un ejemplo? —provoqué.

—Los refranes, los dichos populares, seguimos viviendo en ciudades tan cosmopolitas como Nueva York y se siguen usando todos los días.

—Es distinto —protesté—, eso es hablar del lenguaje no de algo inanimado como es el papel.

El viejo dio un sorbo:

—Ojalá que nunca ocurra, pero si sucede, y explotan ese montón de bombas nucleares que están escondidas por todas partes, los pocos sobrevivientes no tendrán ni sabrán cómo se genera electricidad y cómo se llega a la alta tecnología, entonces ojalá les hayan quedado algunos libros, en caso de que no, los añorarán, llorarán por ellos.

134

Me pareció que el viejo se estaba emborrachando más pronto que de costumbre:

—Yo me marcho porque tengo que trabajar mañana y, además, vinieron unos amigos de Bilbao y después del trabajo saldré con ellos.

—¿Dónde queda eso? —preguntó Charlie.

—Allá, en España.

El viejo miró al ruso quien pasó los ojos hacia mí. Le brillaban como dos estrellitas por la presencia del vodka, aunque ya me había levantado me volví a sentar para escuchar alguna insensatez que diría, no me importaba, mi teoría se había impuesto. Me mostró el sol de su boca que para entonces ya no me ofendía, y finalmente dijo:

—Sí se puede escribir, lo que pasa es que tienes miedo o se te acabó el talento.

Charlie, que estaba por dormirse, se sobresaltó y centró, no sin cierta alegría, su atención en el ruso.

Dije lo que me tocaba decir:

—¿Por qué?

—Porque te diste cuenta de que el amor es complicado, y ahora sabes que no puedes hacer una sencilla novela de amor así por así.

—Eso no tiene nada que ver —dije y me levanté—, se trata de la supervivencia de los personajes en un nuevo milenio.

—Es sencillo —dijo el ruso.

Me detuve:

—Dilo de una vez.

Me respondió con otra pregunta:

—¿Qué es lo primero que el lector mira en un libro?

—El título.

—Bueno, por eso es sencillo, escribe la historia y titúlala: *La novela del milenio pasado,* desde ese momento el lector sabrá que es una novela del milenio que acaba de pasar escrita por un autor que saltó al nuevo milenio. Porque al estar consciente tú de que hablas del pasado, es que estás en el presente. Y a los que estamos en el presente nos interesa saber qué dicen o

135

piensan otros de nuestro presente, sobre lo que sucedió en el pasado.

Charlie abrió tanto los ojos asintiendo como un robot, me quedé aterrorizado. Sin pensarlo salté desde donde estaba, agarré al ruso del pecho, le di una sacudida y por los tragos y lo incómodo que estaba no pudo evitar que mi empellón lo enviara a tierra, iba a caerle encima cuando se interpuso el viejo Charlie:

—¡Contrólate, él tiene razón!

Desde el piso el ruso me miraba mostrándome el sol de su boca.

La Lima, 1986

El único niño concebido en el arca fue el hijo de Novarino y Elizabeth, la gringa como le decía La Lima entera. Fernández no se opuso, todo lo contrario, vio en el cariño que la gringa tenía por el arca una bendición de la divinidad. Desde aquella primera vez que Novarino la llevó, ella tomó como suyo uno de los camarotes y con frecuencia le pedía a Novarino que visitaran el arca. La presencia de la gringa en La Lima se hizo tan constante que toda la gente la conocía y la querían porque ayudaba, dentro de la medida de sus posibilidades, a los vecinos. Para ella era fácil meterse en unos blue jeans y unirse a alguna familia que estuviese pintando su casa, si había fiestas estaba en la cocina enseñando cómo hacer comidas de su país y aprendiendo a cocinar a la hondureña. Imitando a la gringa los vecinos se ayudaban entre sí, y esto hizo de La Lima un lugar muy especial. No obstante la gringa no era del todo feliz, a causa de que a Novarino le fastidiaba viajar tan frecuente a La Lima, se había acostumbrado a Tegucigalpa. Le disgustaba tomar el autobús y viajar horas por esa carretera que ya se conocía de La Lima a la capital, de la capital a La Lima. Amaba a la gringa, pero ese amor de mujer le competía con el amor que sentía por cruzar fronteras.

La gente de La Lima se acostumbró al arca y a la gringa. Estaban orgullosos de ambos. Cuando la gringa dio a luz le sobraron regalos a William Carlos, a quien bautizaron así en honor a un gobernador estadounidense, que años después sería presidente de los Estados Unidos, y Carlos en honor a Roberto Carlos, un cantautor brasileño que cantaba una de las canciones en castellano que más fascinaba a Elizabeth, *Un gato en la oscuridad*. Acordaron bautizarlo con ese nombre no sin librar muchas batallas. Novarino deseaba que se llamara como él, pero la gringa se oponía por la procedencia del mismo, pues tarde o temprano vivirían en los Estados Unidos y Elizabeth imaginaba las bromas que caerían sobre su hijo cuando en la escuela o los vecinos dijeran: ¿You know? Y otro contestara por allí: ¡No body know! Le explicó aquello una y otra vez a Novarino hasta que lo convenció. A cambio Novarino pidió que no se bautizara con el nombre del padre de Elizabeth, Ernest, pues argumentó que así se llamaba el escritor Hemingway y el niño podría salirles mujeriego, aventurero y borracho.

—Pero a ti te gusta Hemingway —le había dicho la gringa.

—No lo niego —había contestado Novarino— pero, ¿qué tal que nos salga vago y borracho y no sea escritor ni artista? Se pierde.

Elizabeth entendió que las razones eran válidas y decidieron que lo mejor era un nombre del inglés y otro del español para que nadie sintiese más derecho que el otro sobre el niño.

William Carlos terminó de llevar la felicidad al arca. Se convirtió en la adoración de Alejandra y Fernández. El niño pasaba mucho tiempo con Fernández, quien hizo del arca también su centro de trabajo, dedicado a la talla de madera y al cuidado de su nieto le importó poco, casi nada, que en ningún banco quisieran contratarlo porque se sabía que era el constructor del arca. De muchas partes del país y del extranjero llegaban turistas y compraban reproducciones del arca de distintos precios y tamaños. Como el negocio marchaba de viento en popa Fernández le pidió a Alejandra que abandonara su trabajo en el hotel, a lo que ella se negó porque se había convertido en gerente del mismo. Siendo la máxima jefa tenía más oportunidad de, en el momento menos esperado, aparecerse por el arca para hacerle mimos al nieto.

Novarino pasaba más tiempo en Tegucigalpa que en La Lima, esperando desesperadamente el momento en que llegara la fecha cuando la gringa tuviese que retornar a su país. Ese día llegó y entre el llanto de los abuelos y la gringa, el desconcierto del niño y la indiferencia de Novarino, el vecindario despidió a la pareja y al niño siguiendo varias cuadras al taxi que los llevaba al aeropuerto.

—Vuelva —se oyó un grito desde la multitud.

—Por supuesto que volveré, aquí es donde dejé el ombligo —contestó Novarino sacando la cabeza por la ventanilla.

—No es con vos —le respondió la voz—, hablo con la gringa.

Manhattan, 1999

¿Existirán dos como yo? Lo dudo. ¿Tendrán razón el ruso y Charlie? También lo dudo. ¿Qué es un escritor? No lo sé. ¿Valdrá la pena escribir una novela sobre una insulsa historia de amor en un pueblito desconocido el último año de un milenio? Tampoco lo sé. Abundaba en preguntas, escaseaba en respuestas. Así estuve por tres días en mi apartamento mientras la vida de afuera, la vida de adentro, la vida en mi trabajo, toda la vida me era indiferente.

Otra vez me habían desbaratado una nueva teoría, era porque no existía tal teoría. Todo se reducía a una triste verdad: yo no era escritor, no había nacido para ello, o tal vez es que nadie es escritor toda la vida sino un fragmento, así como no se puede ser siempre bebé ni niño ni adolescente ni viejo ni anciano, ni siquiera la muerte me parecía una eternidad. Nadie puede ser una sola cosa en esta vida: desde que el conductor deja el auto en el parqueo pasa a ser peatón; cuando el estudiante deja de serlo pasa a ser profesional o vago; desde que el bombero se jubila pasa a ser abuelo o solterón amargado; cuando el dictador deja el poder pasa a ser perseguido si no por los vivos por los fantasmas de los que mató en su reino; y así el ser humano en un solo día puede ser muchos, mientras duerme un dormido, al despertarse un preocupado por lo que tendrá que hacer ese día, al abrir la puerta de su casa y saludar se convierte en vecino, al llegar a la oficina se vuelve jefe o compañero de trabajo. ¿Y yo? ¿Qué pretendía ser yo?

Escritor a tiempo completo. No tenía una mujer, ni siquiera una amante ocasional. De no ser por Charlie, el ruso y Mr. Simón, quien más que jefe era mi mecenas, yo no conocería ni me conociera nadie. Hasta mi hijo, en nuestra incomunicación, pasaba a ser algo lejano.

Odiaba a aquel ruso, el maldito. Aparecía con sus teorías de iletrado en el momento menos oportuno, mas no era mala idea escribir una novela que se titulara *Un gringo y un ruso y un latino en Nueva* York o *La novela del milenio pasado*. ¿Se había preguntado el desgraciado ruso si existía alguien capaz de novelar un milenio cuando muchas veces es tan difícil novelar una tan sola hora?

Todo intento fue fallido por quitarme de la cabeza lo que me dijo el ruso, que yo temía escribir aquella historia de amor, ¿y por qué no escribía otra novela y posponía la de Alejandra y Fernández? Quedarme encerrado sería mucho peor, pensar caminando resulta a veces más positivo.

Al salir a la acera una van sonó la bocina, inevitablemente tuve que verlo, era el ruso iluminándome como de costumbre. Yo también le sonreí y me acerqué a su recién comprado auto, con el que comenzaba a integrarse al sueño americano.

—Es muy bonito —le dije.

—Sí, mi mujer y mis hijos están contentos. Lo tomé al crédito, no lo había hecho antes porque no tenía mis papeles. Ahora soy residente legal —lo dijo tan sinceramente que llegué a sentir una mezcla de compasión y ternura por él.

—Siento lo ocurrido la última vez —se disculpó.

—No, quien tiene que pedirte disculpas soy yo.

—¿Hacia dónde te diriges?

—A caminar, a ningún sitio en especial.

Una sonrisa infantil en la que apenas se sospechaba el sol me hizo obedecerle. Así tomamos por la autopista Franklin Delano

141

Roosevelt. Me enseñaba las maravillas del auto, puso música rusa. Me explicó que lo había comprado grande porque así cabía cómodamente la familia y el perro que trajo de Moscú. Además, la parte trasera le servía para cargar los instrumentos de trabajo.

Entre vistazos a la ciudad, que me pareció bella pero sin vida, como si Víctor y yo fuésemos lo único en movimiento sobre una gigantesca postal, miraba a Víctor y él sí reflejaba la vida, decía cosas por las que se reía sin razón, ciertamente estaba yo frente a un hombre feliz. Me atrapó la sana envidia, si mi felicidad dependiera de un auto, una casa y aparatos electrónicos para entonces ya estaría aburrido de tanta felicidad, para esas cosas había tenido infinidad de oportunidades.

—Tienes que ser valiente —me dijo.

—Creo que nunca he sido cobarde —contesté.

—Cuando trabajé en el Kremlin tuve mucho tiempo para leer. Imagínate, esperando a un tipo allí que salga del café, o de un motel con una de esas amantes insaciables... Leí mucho a Pushkin, me encanta, él era valiente.

—Todos en algún momento somos valientes.

—No es cierto, es más fácil ser cobarde, por eso abundamos. Pushkin se batió a balazos en un duelo, así murió.

—Lo sé, ¿no tienes allí un par de pistolas para que nos batamos tú y yo? —bromeé.

El apenas celebró el chiste.

—No, donde tú tienes que batirte es en otro escenario. No condeno por ello a Pushkin porque ése era su destino y él no renunció. Pero ya no son esos tiempos, lo que tú tienes que hacer es escribir esa historia de amor, quítale lo de sencillo, ya sabes que el amor es complicado.

—Víctor, eres un trabajador de la construcción, siempre te he visto como tal, ¿por qué no me habías dicho que has leído?

—Por vergüenza, no quiero hacer el ridículo. En Rusia la gente lee mucho y muchas veces yo quise conversar sobre ciertos temas y decía cosas que causaban risa. Una vez, por ejemplo, dije que *Guerra y paz* la había escrito Dostoievski. Es que yo leo pero confundo autores y libros —rió dando unas palmadas en el volante—, es por culpa de mi abuelo que sólo nos quería dar a leer *La madre* de Máximo Gorki.

Aquello sí me causó gracia, hasta entonces me di cuenta de que habíamos salido del FDR y bajábamos por una de las avenidas del West. Insistí en decirme que como personaje Víctor no le funcionaría al más genial de los autores, pero como amigo compensaba todo lo que no podía brindarle al mundo de la ficción. Le pedí que me acercara a Times Square, caminaría por allí haciéndome el turista. Necesitaba ojos de turista para olvidar mi empañada realidad. De no ser por el ruso y su auto nuevo yo no habría llegado tan lejos, qué día, lo que me pasó después... Sólo que eso lo contaré más adelante.

Washington, DC, 1992

Washington sí que es aburrido, incluso para un limeño que viaja por primera vez. Al principio Novarino se deslumbraba por los edificios, por uno que otro restaurante, por los monumentos históricos que sólo conocía a través de libros y postales. Elizabeth le advirtió, desde que vivían en Honduras, que después de unos meses él preferiría regresar a La Lima. En Novarino no se dio el extremo que le profetizó la gringa, pero sí deseaba marcharse a otra ciudad con más vida.

Las caminatas alrededor de la Casa Blanca, por el Capitolio, por el Pentágono, que en sus primeros días lo hicieron sentirse como parte de los dominadores del mundo, lo fastidiaban cada vez más. Se encontraba con tipos metidos en trajes, con tipas vestidas para la diplomacia, con aquellas caras de piedra como si Washington se redujera a monumentos y estatuas, por supuesto, unos con más valor que otros, y muchos sin valor alguno.

La vida nocturna era casi inexistente, fuera de Georgetown, era poco o nada lo que quedaba, con el agravante de que después de las nueve la ciudad tenía fama de peligrosa. Y lo era.

Novarino pensó que en una ciudad así era fácil cometer cualquier locura, y que el único recurso se convertía en hacer el amor. Miraba la soledad de aquellos edificios e imaginó que dentro de allí no había más remedio, para no suicidarse, que hacer el amor a riesgo de ser avanzado in fraganti. Ese mismo riesgo quizá le daba un poquito de condimento a la vida para tener razón de ser. Pensaba que si no fuese porque en Washington se manejaba todo, hasta lo que no debía serlo, a nivel de secreto, sería el lugar, a fin de cuentas, más humano del planeta. Allí en esos edificios el contacto entre humanos seguramente era más frecuente y más sincero, lastimosamente oculto, que en otras partes. El lugar daba para el amor interracial, heterosexual, homosexual, ¿qué ser humano al sentirse tan solo no se aferra al primer humano que aparezca? Si Washington podía darle algo a la evolución del mundo, a la paz, era reconstruir esos edificios y hacerlos completamente de cristal, convertirlos en una gran vitrina, desde allí nos enseñarían que más allá de las discusiones y la guerra, el ser humano no desea sino tocar y ser tocado por otro de su especie.

Elizabeth no reflexionaba acerca de Washington porque siempre había vivido allí, no necesitaba hacerlo, no obstante que estaba de regreso, su corazón y su pensamiento navegaban en un arca de tierra firme que la esperaba en La Lima. Washington dejó de interesarle ni siquiera para condenarlo.

Ese desamor por Washington, aunque fuese cada cual a su estilo, los distanciaba también a ellos. Novarino le pedía que cambiaran de ciudad, buscaran una con más actividad, con más lugares y más segura, él había oído hablar de Los Ángeles y San Francisco. Elizabeth, como venganza porque él nunca la apoyó en su deseo de quedarse a vivir en La Lima, se negaba a salir de Washington, a menos que regresaran a Honduras, a Tegucigalpa o a cualquier otra ciudad de aquel país.

Llegó el momento en que, como diría alguien de Washington, la situación se volvió insostenible. Tenían meses de no hacer el amor, cualquier conversación terminaba en alterada discusión, por lo que hablaban muy poco y Elizabeth lo acusaba de que por su culpa estaba olvidando hablar español. El niño era quien, sin saberlo, evitaba que cada uno tomara su camino.

En una no muy convincente paz, Elizabeth optó por regresar a La Lima, él decidió viajar a San Francisco donde tenía amistades. Se comunicarían, y si uno de los dos descubría que no eligió bien el lugar, buscaría al otro y reedificarían el amor o, por lo menos, lo intentarían. En lo único que coincidieron es que al partir ninguno volvió el rostro para darle un último vistazo a Washington.

La Lima, 1992

Fernández tomó el regreso de la gringa como algo personal, indudablemente que se trataba de un presagio, un aviso divino de que una desgracia estaba por llegar al año siguiente. Analizó la alegría de la gringa, así como la de los limeños por el reencuentro. A William Carlos le fascinaba el arca, corría de un sitio a otro y mostraba gran interés porque el abuelo le enseñara a tallar en madera. Alejandra no cabía de felicidad, aunque al verlos llegar sin Novarino pensó en lo peor. La gringa no quiso alarmar a nadie y les dijo que él se había quedado por cuestiones de trabajo y que se mantendría comunicado, que más temprano que tarde regresaría a vivir en La Lima. Esto apaciguó momentáneamente a Alejandra pero le pidió que al anochecer llamaran a Novarino. Ella le explicó las distancias y que él tenía que pasar varios días en el tren.

Sólo por su nuera gringa fue capaz Fernández de permitir una fiesta dentro del arca, desde luego, prohibió bebidas alcohólicas y fumar, no se permitía gente soltera, debían estar casados o por lo menos tener un hijo y vivir en la misma casa.

La fiesta fue divertida pero para ello Elizabeth antes tuvo que explicar las condiciones en que se encontraba Novarino, las

147

razones por las que él se quedaría un tiempo en los Estados Unidos y para que no quedara duda mostró fotos de ellos frente a muchos lugares conocidos de Washington, no quedaron satisfechos hasta que les enseñó una en donde estaba Novarino y ella sosteniendo a William Carlos frente a la Casa Blanca.

A las dos semanas volvió a acentuarse la preocupación en Alejandra por no recibir noticias de Novarino. Mientras estuvieron en Washington Alejandra llamaba desde el hotel a cobro revertido para escucharlos aunque fuese una vez al mes. Novarino y Elizabeth decidieron enviarle dinero para que tuvieran su propio teléfono. Un tecnicismo, o lo que es más acertado, una antigua ley de la telefónica hondureña decía que los teléfonos eran para las casas y las oficinas, unos cuantos teléfonos públicos que la alcaldía decidía dónde serían ubicados, pero en ninguna cláusula decía que podían instalarse en un arca. El gerente de la telefónica, adelantándose a la era del celular, alegaba que si instalaban un tan solo teléfono en el arca después los pescadores artesanales pedirían igual trato para sus botes, después vendrían los automovilistas y los ciclistas y así hasta crear un caos con tanta solicitud de teléfonos. Así que Alejandra no tenía a dónde llamar en los Estados Unidos y Novarino no poseía ningún número en La Lima en donde pudiera contactar a su familia.

Días después llegó una carta de Novarino, leída personalmente por Alejandra, quien conocía hasta vendada su letra, con una foto de él teniendo al puente Golden Gate de fondo. Así la vida volvió a ser normal para la gringa y se incorporó a ayudar en la tarea en la que se había enfrascado Alejandro, el mecánico convertido en empresario, de colocar alrededor del arca grandes neumáticos de llantas de tractores inflados para darle una decoración como debía ser. Aunque al principio a Fernández la idea no le gustó, terminó aceptándola porque Alejandro le llevó fotos de embarcaciones que a su alrededor tenían neumáticos para darle mayor estabilidad y poder de flotación a las naves.

La llegada de la gringa y el repentino interés de su hijo Alejandro por que el arca luciera mejor, llevaron a Fernández a la convicción de que pronto se cumpliría la profecía por la que el arca le fue encomendada. Aunque en lo personal le daba lo mismo que se supiera, evitó hacer comentarios, Alejandra estaba muy feliz para que él con sus palabras la entristeciera haciéndola pensar que había recaído.

Manhattan, 1999

El ruso me dejó en Times Square, en donde yo ansiaba tener ojos de turista. No es fácil, quiérase o no, después de un tiempo en una misma ciudad uno pasa a hacer el anfitrión, lo que significa que uno prefiere ver las reacciones de los visitantes a otras cosas. Unos chinos o japoneses se amontonaban para no quedar excluidos del recuadro de la cámara. Un grupo de anglosajones miraban estupefactos el neón que anunciaba una obra de Broadway. Recordé un ensayo de Miguel de Unamuno en donde al referirse a los gringos dice que son turistas que mascan chicles, cuelgan una cámara y preguntan por el valor de las cosas. Me acerqué y les pregunté de dónde eran, procedían de diferentes países europeos, mascaban chicles y colgaban cámaras, no supe si preguntaban por el precio de las cosas porque me desesperé con un negro que tocaba con una habilidad de otro mundo un improvisado tambor.

Era un día hermoso, me pareció propicio para caminar por la Quinta Avenida. Unos metros antes de llegar oí música, me acerqué pues no buscaba otra cosa que distraerme, alejarme del mundo de la ficción. A pesar de todo me encontraba de buen humor, el reencuentro con Víctor, la alegría por su auto y su conversación ahuyentaron las tonterías que meditaba en la soledad de mi apartamento.

Pregunté de qué se trataba y un puertorriqueño, a quien no me había dirigido, contestó eufórico:

—Es el desfile de los maricones y las lesbianas.

Ante la respuesta estuve algo escéptico porque nunca me he preguntado si simpatizo o no con este tipo de grupos sino como lo hacen muchos políticos e intelectuales, para estar a la moda y que no estropeen sus intereses, pero ese día poco me importaba de lo que se tratara, la música y los colores inundaban la avenida, me ubiqué en un lugar estratégico para perderme lo menos posible. Desfilaban reinas de la belleza homosexual con los más estrafalarios disfraces, algunos vestían en paños menores, danzaban, lanzaban besos al público, la alegría contagiaba al instante de llegar a la avenida.

Una carroza parodiaba a la policía de la ciudad, vestían igual que ellos, bailaban *Macho Man* de Village People, teatralizaban la brutalidad policial por avanzar a maricones o lesbianas haciendo el amor. Fue divertido cuando la policía golpea a una pareja de homosexuales, uno de los del acto sexual se levanta y busca su ropa y su vestuario es nada más ni nada menos que una camisa de la policía de Nueva York, entonces el compañero que iba a arrestar le guiña un ojo y se abrazan y continúan ellos haciendo el amor, el otro homosexual sale huyendo.

De allí apareció la delegación de Harlem, bailando y cantando música religiosa negra gospel. Empecé a sentirme como en otro mundo, en un mundo verdaderamente feliz. Y por allí apareció el presidente del Bronx rodeado de reinas y reyes, no a mucha distancia venía un senador en similares circunstancias.

Un negro me vendió una banderita de arco iris, al igual que la multitud de espectadores yo la agitaba mientras la carroza de la Iglesia episcopal llevaba la música de moda del cantante puertorriqueño Ricky Martin y pancartas de amaos los unos a los otros. Detrás de ellos los católicos homosexuales cantaban coros religiosos pero alegres y se vestían de colores vivos. Apareció una carroza con las luces a lo Broadway y gente vestida como visten en Broadway y alrededor de la carroza bailaban, lanzaban flores y besos a los espectadores y yo flameaba mi banderita cuando reconocí la música de *Cabaret* que fue llevada al cine con Liza Minnelli y a mí esa música sin saberlo me hizo llevar el ritmo y de pronto me cercaron unos cuantos del desfile y me llevaron como en un remolino y me fui yendo con aquellos animados bailarines e hice un débil intento por regresar al otro lado de la acera pero ya era imposible porque las risas y el baile podían más que cualquier resistencia y el tema de *Cabaret* seguía ordenándome mover el cuerpo y bailaban conmigo no sé si hombres o mujeres porque el sexo había desaparecido y los colores se multiplicaban en un segundo bailaba con alguien de la raza negra y luego con alguien de la raza amarilla y de la raza blanca y con alguien del mestizaje y aquella felicidad expandida a lo largo de la Quinta Avenida fluía y me llevaba como en un tornado y no se podía pensar ni se debía solamente dejarse contagiar por la música y contagiar a otros que saltaban la barrera policial y se unían a la caravana y las pancartas contra la represión sexual y contra el maltrato doméstico y contra los políticos sexistas y contra el racismo y contra los inmigrantes deportados por sus preferencias sexuales y contra la discriminación danzaban por encima de las cabezas del desfile y la música de *Cabaret* continuaba y sentí que hacía mucho tiempo no me sucedía nada similar y pensé que era la libertad en su máxima expresión siendo cada quien como quiere ser y si quedaban en mí desperdicios de machismo se disipaban porque entendía en medio de aquella fiesta que todo lo que contribuyera a la vida valía la pena y no degradaba y lo único que debía condenarse en este mundo era a quienes de una u otra manera propiciaban el odio entre seres humanos.

Al final del desfile caminé hacia ninguna parte o hacia todas, una nueva energía me posesionaba, tenía ganas de pensar pero en cosas optimistas. En la Calle 14 y la Avenida de las Américas

un mendigo me detuvo para pedirme un cigarrillo. Se lo di con el mayor de los gustos, y también le
di fuego. El extrajo de su bolsillo algo. Yo negué con la cabeza, ¿cómo iba a cobrarle un cigarrillo a aquel pordiosero de cabellos canos y largos? Él extendió la mano y yo le vi a los ojos, detecté en su mirada una fuerza superior, la dignidad que no deseaba que se la machacara al no aceptarle el pago. —Es todo cuanto tengo —me dijo.

—Gracias —le dije y tomé el dinero. Eran tres centavos, tuve la tentación de lanzarlos al aire pero un complejo de culpa me invadió pues, aunque el mendigo no me estuviese viendo, el hecho de tirar las monedas a la calle era como restregárselas en la dignidad que afloraba en el brillo de sus ojos. Les di una fugaz mirada y uno de ellos me llamó la atención, le revisé la fecha y por su antigüedad tenía ese aspecto tan distinto, era de 1943, el año del natalicio de mi madre, los otros dos eran de años muy recientes. Los guardé.

La Lima, 1995

A tres años del regreso de la gringa Fernández estaba casi convencido de lo que Alejandra, cuando la ocasión lo permitía, le decía con una ternura que terminó por persuadirlo:

—No entendiste bien el sueño, tal vez lo que Dios quiso decirte era que construyeras tu casa, que es el arca, más grande porque tendríamos más familia, y también que nos prestaras más atención a todos en vez de andar vagando de un sitio a otro con los mormones.

Fernández respondía con una eterna paciencia:

—Puede ser que me haya equivocado en la interpretación del sueño, pero en cuanto a los mormones no, ellos no son vagos, son predicadores de la palabra.

La Lima no se quedaba atrás, tomaba el ritmo acelerado que crecía en el país hacia el desarrollo. Los militares perdían cada vez más el poder, algunos salían en desbandada huyendo porque la justicia civil los requería para que rindieran cuentas por sus crímenes durante la guerra fría. Los corruptos civiles, cómplices de los militares en los tiempos difíciles, buscaban estrategias para que la nueva generación que paulatinamente tomaba el poder tratando de darle un nuevo rumbo al país, temieran y optaran por el exilio o el silencio. No obstante valientes patriotas no se rendían frente a las amenazas y chantajes, y podía respirarse un aire mejor en La Lima y el país entero. La seguridad que cada vez más brindaba el país hacía que los turistas enfocaran   sus maletas hacia   Honduras, legaban de muchos lugares a visitar el arca, monumento a La Lima. Elizabeth, aparte de otros trabajos, hacía de intérprete, guía y de explicar a su manera la historia del arca. Alejandra a sus cincuenta y dos años continuaba siendo una mujer fuerte y hermosa, conservada con las técnicas de eterna juventud que le enseñara su nuera, la gringa, y también se la aplicaban a Fernández, quien, más resignado que convencido, se sometía a los tratamientos para la piel y a la dieta balanceada. Ya su débil protesta de que ésas no eran cosas para los hombres se había apagado.

Alejandro continuaba progresando, había abierto otro taller de mecánica en San Pedro Sula, y a través de su suegro aprendió los malabares de la política y pensaba postularse en las próximas elecciones como alcalde de La Lima. Aseguraba que aquellas calles de piedra se convertirían en pavimento, habría más seguridad ciudadana y desarrollaría el turismo y la inversión de la empresa privada.

Novarino se comunicaba regularmente por teléfono con la familia, pues con los contactos políticos de Alejandro lograron que finalmente les instalaran dos líneas telefónicas en el arca. La de la familia y la privada de la gringa, quien aún intentaba persuadirlo de que regresara a La Lima o a Tegucigalpa y se incorporara en el trabajo para el desarrollo de Honduras. Novarino argumentaba que para que un país progresara también necesitaba que algunos de sus hijos se sacrificaran en el exterior. Hacía un año se había mudado de San Francisco a Nueva York donde le ofrecieron mejores oportunidades de trabajo: daba clases de filosofía en un College, trabajaba en una revista e intentaba escribir un libro. Finalmente creía que su situación económica se establecería, por ello le decía a la gringa que reuniría el dinero necesario para que ella y el niño lo visitaran. A la gringa no le interesaba salir de La Lima, pero no tenía ninguna objeción en que el niño pasara un tiempo con él cuando estuviese en condiciones.

New York, NY, julio de 1998

A mí me fascinan los lectores, son la gente más inteligente de este planeta. Más, incluso, que los escritores. Más inteligentes y cómodos. Cada lector, de quererlo, podría ser escritor, pero no les interesa, no son torpes para someterse a esa tortura de la creación, prefieren dejarle el trabajo a otros, es así como ellos cruzan sin ningún tropiezo la barrera del tiempo entre el mundo de afuera y el de adentro. En cualquier lugar: fiesta, iglesia, parque, discoteca, calle, los lectores hablan del mundo de adentro mientras con la expresión corporal coquetean al mundo de afuera. Tienen esa gran habilidad de estar sumergidos en el mundo de adentro, cerrar el libro y caer al mundo de afuera si algo les llamó la atención. También, si algo les molesta en el mundo de afuera, abren su libro y se introducen en el mundo de adentro, y lo que incomodaba desaparece en segundos.

Por esa gran y única inteligencia de los lectores, estoy seguro de que desde el comienzo del presente libro, no existe lector alguno que no se haya enterado de que Novarino Fernández, vecino de Charlie y del maldito ruso, soy yo. No dudo de que existirán algunos que lo supieron desde que leyeron el título, por supuesto, haciendo caso omiso al impostor que lo firma. Por eso no di mi nombre desde el principio, lo creí innecesario. Si en este momento lo hago es por si las dudas, por si no logré dar

156

las claves precisas para que me detectara el lector, y, desde luego, por vanidad. Doy mi nombre a riesgo de ser redundante, es preferible serlo a quedarme, ahora que nos acercamos al final de la novela, como un pobre individuo que se dedicó a la vagancia en los Estados Unidos.

Dejé el trabajo del College porque me parecía tedioso estar a diario repitiendo la filosofía de otros, siempre he creído que tengo mi propia filosofía. Un amigo me presentó a Mr. Simón, que jamás lo he considerado como personaje de ninguno de mis libros, ni siquiera para mencionarlo, porque es tan insulso como el ruso, y así llegué a la alcaldía.

Me daba terror ir solo al aeropuerto a encontrar a mi hijo, además, no tenía auto. El ruso puso su van a mi disposición y Charlie, sin ser invitado, se unió a nosotros. Los nervios me traicionaban, ¿cómo reaccionaría mi hijo? ¿Yo? ¿Lo amaba yo después de tantos años de distancia? ¿Me besaría? ¿Si yo lo besaba lo haría sinceramente?

Lo reconocí de inmediato al verlo medio perdido en el aeropuerto tomado de la mano de una aeromoza y dije:

—¿Ese bello niño busca a alguien?

Se zafó de la mano de la aeromoza, «Papi», y yo ya no tuve preguntas que hacerme, nos quedamos abrazados por largo rato y los besos no me alcanzaban para cubrir el rostro de mi pequeño.

Allí íbamos en la van, abrazados. El preguntaba dónde quedaba una y otra cosa, se sabía Nueva York como si desde siempre hubiese vivido aquí. La televisión y las revistas lo tenían al tanto de muchas cosas. Además, Elizabeth lo llevaba con frecuencia al cine, especialmente cuando las películas habían sido filmadas en Nueva York.

Mi hijo estaba encantado con mi pequeño apartamento, a pesar de que él vivía en aquella enorme arca, con espacio de sobra. Visitamos uno y otro sitio, Mr. Simón le dio regalos y a mí me dio la flexibilidad requerida, me presentaba de vez en cuando a hacer una que otra cosa mientras el niño me esperaba dibujando.

No voy a enumerar los lugares que visitamos porque son tantos y, además, ésta no es una novela sobre el turismo.

Aunque es imprescindible relatar que subimos a la cumbre del World Trade Center, los Gemelos o las Torres, como las llama mi hijo. Desde allí veíamos hacia abajo lo pequeño que es el mundo, pero lo que llamó la atención de mi hijo no fue la impresionante vista sino una máquina a la que se le colocaba una moneda de un centavo, luego una de veinticinco, se le daba vuelta a una manilleta, el centavo era triturado y al finalizar el proceso quedaba completamente ovalado e impreso en él alguno de los símbolos de Nueva York.

—Papi, ¿tenés monedas de un centavo?

Me busqué por todas partes y fue inútil, yo acostumbraba a despreciar los centavos, no los aceptaba como cambio o hacía malabares con ellos mientras caminaba y se iban quedando por las calles. Saqué un dólar para buscar cambio, quería complacer a mi hijo en todo cuanto me fuera posible ese mes que me acompañaría, la fila del restaurante era larga y me dirigía a ella cuando William Carlos me detuvo:

—Papá, yo tengo unos —me dijo buscándolos en su bol-sillo—, son tuyos, los tomé de tu escritorio.

Eran los mismos tres centavos que el mendigo me había pagado por el cigarrillo. Los tomé y le dije:

—Okey, te voy a dar dos, éste no porque posee un valor sentimental. Mira, 1943, el año que nació mi mamá, tu abuela. Cuando regrese quiero dárselo para que vea que pensé en ella todo este tiempo que no la he visto.

El aceptó y lo acompañé a maravillarme también porque, confieso, no conocía la existencia de la tal máquina. Y apareció el World Trade Center impecablemente impreso, cualquiera que no supiese jamás podría adivinar que aquella obrita de arte era nada más un centavo. Mi hijo se emocionó y el segundo centavo lo convirtió en el Empire State Building. Como sólo eran tres los símbolos que la máquina hacía, me pareció injusto que mi hijo no se llevara completa la colección. Saqué el centavo que recordaba a mamá y él me dijo:

—No, ése es el de la abuela.

Mientras lo colocaba en el agujero, le expliqué:

—Es fácil obtener otro, sólo tienes que buscar por las fechas y hay millones de 1943, ¿tienes idea cuántas monedas se hacen en un país tan gran grande como éste?

Y quise probar el placer de hacer arte en el metal ante la felicidad de mi hijo que completaba con aquello su colección. La Estatua de la Libertad quedó lindísima, mucho mejor que los dos centavos anteriores, su color era distinto y eso hacía que sobresaliera.

Mi hijo estaba contento. Pensé cómo con un centavo alguien podía ser tan feliz. Recordé el sueño de mi infancia en el que Dios me daba un centavo para comprar mi bicicleta. Creí entender el mensaje, no se trataba del centavo en sí sino cómo dar un centavo. Así como se lo di a mi hijo, con la Estatua brillante, dejó de ser un centavo porque lo miraba y remiraba como si ese simple regalo costara una fortuna.

La Lima, 26 de octubre de 1998

Fernández desde la proa del arca avistaba el cielo dirección al mar. Una danza de nubarrones negros se veía a lo lejos, él estaba convencido de que venía hacia tierra firme. La radio del arca y de todas las casas llamaban a tomar medidas porque un huracán amenazaba las costas caribeñas centroamericanas. Comenzó una pertinaz llovizna y Fernández le dijo a Alejandra:

—Los días difíciles se acercan, Dios no se equivoca, somos nosotros que no le entendemos.

—Siempre llueve —contestó ella—, ojalá que el huracán se desintegre antes de caer sobre nosotros.

Un ligero viento y un amenazante silencio inquietaba a los costeños, era como preludio de muerte.

Amaneció, la lluvia continuaba y se anunciaba que en la ciudad de La Ceiba ya se había comenzado a evacuar la gente que habitaba más cercana al mar. Fernández, ayudado por la gringa y Alejandro, revisaba el arca, las compuertas, los neumáticos, la radio, y no dejaba escapar detalle alguno. La lluvia había llegado para quedarse y ya se hablaba de que los ríos comenzaban a crecer a velocidad desesperante.

Al quinto día de incesante lluvia los pobladores de la costa norte salían rumbo a las montañas, algunos no lograban llegar a ninguna parte, se hundían sin volver a ver el cielo en alguno de la cantidad infinita de remolinos que brotaban de todas partes. Fernández yacía en el arca con su tripulación, la mayoría de vecinos se había ido para sitios que las emisoras recomendaban como más seguros, se quedaron algunos dentro del arca porque creyeron que era el lugar apropiado por los años de antelación con que Fernández había sido avisado por el Creador.

Esa noche del quinto día las casas se convertían en naufragados submarinos y el arca empezó a expandir sonidos como desclavándose de la tierra misma, dentro de ella la gente rezaba mientras Fernández a sus sesenta y tres años, con una fortaleza desconocida para sí mismo, apenas había dormido y desde la proa trataba de detectar lo que pasaba en aquella inmensa oscuridad. El rugido del viento era como una carcajada sádica y tronaban los árboles, se oían voces de auxilio, voces pidiendo clemencia que después de uno o dos gritos desaparecían para siempre. Dentro del arca la gente se acomodaba y sólo la linterna de Fernández tan diminuta como la luz de una cigarra en uno de los agujeros negros del espacio no lograba alumbrar nada. A Fernández sólo le quedaba refugiarse en la fe como un capitán que ya no sabe dónde queda el cielo ni la tierra ni el mar ni las montañas ni en qué dirección sopla el viento. La radio de Fernández estaba convertida en desesperados monólogos de periodistas que narraban las catástrofes en otros sectores. En la capital, Tegucigalpa, se daba instrucciones para que se prepararan para una eventual llegada del huracán, pero la gente de la capital estaba más preocupada por sus familiares y compatriotas de la costa norte que por ellos mismos, pues jamás en la historia tegucigalpense había llegado un huracán. Las emisoras insistían en no confiarse.

Al amanecer Fernández no podía creer lo que sus ojos miraban, su arca navegaba como por interminables mares. Trataba de buscar alguna casa, algún árbol que le dijera que aún había vida, el arca continuaba su rumbo, Fernández echó manos al timonel, no quería que nadie subiera a ver lo que ocurría fuera del arca, por eso prefería hacerlo solo, empapado por la infinita lluvia que también arrastraba sus lágrimas. Con gran esfuerzo logró maniobrar el timonel, divisó una casa de dos pisos en la que sobre el techo una angustiada familia de niños, mujeres y hombres gritando hacían señales de auxilio con trapos, Fernández intentó que el arca se dirigiera hacia ellos, comenzaba a lograrlo cuando en un abrir y cerrar de ojos la casa con todos sus habitantes había desaparecido. Buscó a un lado y otro creyendo que algún movimiento brusco lo había desorientado y le había causado esa ilusión de haber visto hundirse a una familia.

La corriente arrastraba el arca a pesar de la insistencia de Fernández de maniobrarla. La gente quiso subir a la proa y no hicieron caso a Fernández, ellos también deseaban ver lo que afuera pasaba. Llantos de mujeres y niños, maldiciones de los hombres salían de aquellas bocas. Fernández ya no tenía oídos para oír, su único propósito era que el arca tomara rumbo hacia la montaña para encallar y ponerse todos a salvo.

Era anochecer del sexto día y la radio le gritaba a Fernández y a todos los habitantes del arca que en Tegucigalpa arreciaban fuertes tormentas y que vientos huracanados azotaban todo cuanto hallaban a su paso y que las montañas se deslizaban en un aturdidor sonido como de millones de cencerros y los árboles arrancados de raíz parecía como quien filma una película de destrucción con arbolitos bonsái. Los puentes estallaban llevándose cuanta gente tuviesen encima. Los ríos lejos de sus cauces arrasaban con todo: pasaban casas completas, gente atrapada en autos, vacas, toda suerte de cosas revueltas con cadáveres, con gente agonizante y el llanto y los gritos se confundían con la furia de la naturaleza.

Fernández estaba agotado cuando la radio perdió la señal, creyó que Tegucigalpa se había hundido por completo. Allí en la proa, hincado, con las últimas palabras que le daban el último aliento, dijo: «¡Señor mío, hágase tu voluntad!». Y cayó desplomado.

Alejandra pidió a los hombres que llevaran a Fernández a un camarote. Le tomó el pulso, le dio respiración boca a boca, le puso paños en la frente y lo dejó que durmiera.

Alejandra subió a la proa y dijo que nada podía hacerse, solamente había que hacer caso de lo que dijo Fernández, esperar la voluntad de Dios. Ordenó a todos que regresaran al interior del arca, pues nada se ganaba con estar mirando toda aquella destrucción. Su voz autoritaria no fue desobedecida por nadie. El arca navegaba a su gusto, como si estuviera abandonada.

Al nuevo amanecer, ya revitalizado, Fernández regresó a la proa, aún la corriente era fuerte pero la lluvia empezaba a escasear. De pronto gritó:

—¡La montaña!

Alejandra fue la primera que corrió hacia la proa. Todos se alegraron, el arca iba incontenible hacia tierra firme. Fernández dio instrucciones para que se prepararan a saltar en el momento más oportuno, ordenó a Alejandro que saltara primero para ayudar a bajar a los demás. Haciendo milagrosas maniobras Fernández logró que la velocidad disminuyera, el arca golpeó el territorio rocoso. Los refugiados en la montaña se acercaron a auxiliar a los recién llegados, por la fuerza con que el arca se detuvo hubo varios heridos. Fernández decidió recorrer el arca asegurándose de que nadie había quedado atrapado, Alejandra no quiso dejarlo solo y ambos buscaban en un sitio y otro:

—¡Se hunde!

Oyeron el grito desesperado de la gringa, seguido por el desgarrador grito del niño: «¡Abuela, abuelo!».

Fernández tomó de la mano a Alejandra y corrieron buscando las escaleras, llegaron a la proa y la gringa tuvo tiempo de verlos lanzarse al agua. Se aferraron a un neumático que Alejandro había tenido la precaución de enrollar con lazos.

—No te soltés —alcanzó a decirle Fernández—, trata de subirte.

Fernández, peleando con la corriente, logró subirse, la ayudó a ella, afortunadamente el neumático era lo suficiente grande

163

para funcionar como balsa. La montaña se alejaba, ellos, semiinconscientes, no sabían de qué se trataba. Horas después Fernández divisó algo:

—Es un árbol —dijo.

—Sí, es un árbol —repitió automáticamente Alejandra.

—Nos vamos a impulsar hacia él, voy a tratar de lazarlo, por allí la corriente está fuerte, pero no importa, tenemos que intentarlo, de todos modos tarde o temprano la corriente nos va arrastrar al mar y allí no nos salvamos. Te voy a amarrar de la cintura.

—¿Y vos?

—No, yo no, yo voy a lazar el árbol.

Se impulsaron hacia la corriente que comenzó a arrastrarlos. Al impactar contra las ramas el neumático estalló y ellos quedaron enredados casi en la copa del árbol. Lograron acomodarse. Afortunadamente Alejandra llevaba un vestido de tela gruesa, Fernández la desnudó y con él trenzó un lazo y la ató a ella a una gruesa rama. Él se quitó el cinturón del pantalón y se ató la mano izquierda a otra rama. Allí durmieron.

Cuando despertaron el agua comenzaba lentamente a bajar y la corriente perdía fuerza. Fernández divisó una culebra que intentaba subirse al árbol cerca del calcañal de Alejandra, él quebró una rama y con fuerza le reventó la cabeza. Así pasaron seis días, turnándose para darle en la cabeza a las culebras que a medida la corriente se debilitaba, aparecían intentando ponerse a salvo en los árboles.

De allí fueron rescatados, inconscientes, por los cuerpos de socorro. Cuando el bombero colocaba la escalera para trepar al árbol, le llamó la atención aquel corazón flechado *A & F*.

Manhattan, New York, 1 de marzo de 1999

Avezado y compasivo lector, como bien recordarás, esta novela comienza un primero de marzo, con alguien, Yo, que se ha amargado así por así. Regresé un poco atrás, no es necesario decirlo pero a mí me encanta repetir las cosas, independientemente de lo que digan algunos críticos, a mi infancia, según yo, para desenrollar la novela. Quise relatar la historia de un maldito centavo, como salida posible a la frustración de no poder contar la sencilla historia de amor de Alejandra y Fernández. Como eres testigo ahora, me entenderás, se trataba de hablar de mi madre y mi padre, contar sus vidas antes del huracán y sin el tal ruso de por medio. Incluso, antes de que mis hermanos y yo naciéramos, mucho antes de que la gringa apareciera en mi vida y yo me acostumbrara a amarla a distancia. Entonces todo era sencillo, después se complicó. De alguna manera hubiese sido una historia autobiográfica, y ésas sí duelen. Yo le huyo al dolor. Odio el pasado. Uno nunca debería mirar hacia atrás.

Este primero de marzo, hace algunas horas, comencé el presente libro, ahora son las once de la noche del mismo día. Lo sé, nadie escribe una novela en un día, ni yo, solamente la he pensado.

Hoy es lunes, Mr. Simón, mi jefe, me esperó y me esperará mañana. No sé si iré. Lo que me ocurrió debió sucederme en otras fechas, no en éstas cuando tantos hondureños desearían ser millonarios, incluido yo, para ayudar a nuestros compatriotas.

Mi radio-reloj me despertó como de costumbre a las siete con el noticiero. Entre muchas otras noticias hubo una que me llamó la atención, se buscaba, a como diera lugar, una moneda de cobre de un centavo de 1943, para una colección incompleta, quien la tuviese sería el propietario de un millón de dólares. El corazón se me convirtió en un cuchillo queriendo herirme de adentro hacia afuera. Recordé a un amigo, experto en metales, que hacía algunas semanas me había visitado, me dijo que el centavo de 1943 era de cobre y que podría tener algún valor. Y me transporté al pasado, a las vacaciones de William Carlos, el día en que en el World Trade Center, con mis propias manos imprimí, en un millón de dólares, la Estatua de la Libertad para mi hijo.

Es solamente eso lo que me tiene amargado este primero de marzo: haber tenido un millón de dólares y haberme deshecho de él de manera tan torpe. Nada serio. Es mejor que me levante, pronto serán las doce, otro día, quizá sea mejor que el de hoy para mí.

He salido a caminar, a tomar un poco de aire primaveral, y no sé por qué vuelvo a encontrarle sentido a la vida, será por la descarga de la angustia en la novela que recién acabo de pensar. Por supuesto, si un día se escribe en el papel, no habrá rusos ni huracanes. Todo parece normal en mi vecindario, en el East Village, donde siempre ha sido fácil tropezarse con más de un centavo en la calle, hoy no ha sido la excepción. Miro un centavo en la acera y me quedo frente a él, indeciso, recogerlo o no, decido que sí.

Leo la fecha, es de este año, lo que significa que sólo vale un centavo. Pienso en si me convendría más España o quedarme aquí (en donde será casi imposible escribir con el calor y la humedad que se aproxima) para descollar en mi carrera literaria y si valdría la pena escribir una historia titulada *La novela del milenio pasado*. Sin meditarlo le pido al centavo que decida por mí. Lo lanzo al aire, cara o cruz, si cae cruz es que tengo que marcharme y que no vale la pena desenrollar la novela pensada. En caso contrario, si un día decidiera escribirla, preferiría que terminara así, congelada: El centavo en el aire, yo mirando hacia arriba como esperando el centavo o buscando una explicación celestial. Simplemente así, como una estatua de sal.

Sobre el autor

Roberto Quesada nació en Honduras, reside en Nueva York. Obras: *El desertor* (cuentos, 1985); *Los barcos* (novela, 1988), que fue traducida al inglés por Hardie St. Martin (traductor de *Las memorias*, de **Pablo Neruda**) y publicada por 4 Walls 8 Windows, de Nueva York en 1992. Su novela *The Big Banana* (Arte Público Prees University of Houston), fue publicada primero en inglés y más tarde por la prestigiosa editorial Seix Barral (España); *Nunca entres por Miami* (Mondadori, 2002) y por las Universidad de Houston, Arte Publico Press *Never Through Miami*; *El Equilibrista* (Alfaguara 2013).

En 1996 recibió el Premio The American Institute Award of Writers in the United States, y en el 2009 el Premio Nacional de Periodismo "Jacobo Cárcamo".

Fue diplomático para Honduras por 14 años en las Naciones Unidas.

Actualmente es editor en su propia editorial **Big Banana Publishers.**

Dibujo del autor: Allan McDonald.

Made in the USA
Middletown, DE
23 June 2023

33332611R00102